文豪
ストレイドッグス
探偵社設立秘話

「第一回、入社試験大選考会だ！」

入社試験をめぐる議論は白熱の一途をたどった。（中略）全員がより正しくより健やかな探偵社の新人を選出すべく、一致団結して議論に熱を入れた——訳ではなく、単に全員の個性が特殊すぎ、「ほどほど」の案が全く出なかったためである。

（ある探偵社の日常）

敦 国木田 与謝野 谷崎 宮沢
乱歩 鏡花 ケンジ 兄弟 賢治
江戸川 泉 ドストエフスキー
八本槍
アルハラ
太宰 ◯◯ 肉飯モグモ
肉飯モグモ

目次《モクジ》

文豪ストレイドッグス

探偵社設立秘話

朝霧カフカ

19159

角川ビーンズ文庫

口絵・本文イラスト／春河35

ある探偵社の日常

「国木田《くにきだ》さん。武装探偵社って、なんで出来たンですかね？」

喫茶店《きっさてん》の席で、谷崎潤一郎《たにざきじゅんいちろう》は首を傾《かし》げた。

正面に座る長身の男は、眉間《みけん》の皺《しわ》をさらに深くして、生真面目《きまじめ》な声で云《い》った。

「そんなことも知らんのか」

「ええ……すいません」

時刻は夜。

奥まった席の狭《せま》いテーブルで、男二人が向かい合って座っている。二人の間には二人前《ににんまえ》の胡《ご》麻《ま》揚《あ》げ団子とほうじ茶。二人とも真顔である。

知らぬ者が見れば思わず二度見する妙《みょう》な光景だったが——彼等は武装探偵社の調査員であり、それは遅《おそ》い打合せの光景なのであった。

そこは喫茶『うずまき』。武装探偵社の入った建築物《ビルヂング》の一階にある、やや古風な喫茶処《きっさどころ》である。

「探偵社で働いてるのに、そういえば知らないンですよね。探偵社設立の理由。国木田さんはご存じですか？」

「無論、知っている」

谷崎の対面の男——国木田独歩《どっぽ》は頷《うなず》いた。

谷崎は笑顔《えがお》になった。「流石《さすが》です」

「うっすらとだがな」

「うっすらと？」

「ああ。又聞《またぎ》きだが——探偵社が設立されたのは十数年前。社長が設立した。その頃《ころ》あったある出逢《であ》いが、会社設立の契機《けいき》だったと聞いたことがある」

谷崎は、成《な》る程《ほど》、と云って頷いた。

「本当に……うっすらですね」

「だからそう云っただろう。俺もこれ以上詳《くわ》しいところは知らん。改めて訊《き》く機会もないからな。社長に直接訊いてみてはどうだ？」

谷崎はやや狼狽《ろうばい》した。

「ぼ、ボクがですか？　いやあ、ボクはまだ下《した》っ端《ぱ》ですから」

「下っ端でも関係ないだろう。訊いて隠《かく》すような人ではない」

「でも何だか畏《おそ》れ多くて……。それに怒《おこ》ってる時の社長の目って、鉄板ぶち抜《ぬ》けそうなくらいに鋭《するど》いじゃないですか。女の子だったら泣きますよ、あの眼力」

「ああ」国木田は頷いた。「社長は武術を修め武芸百般《ひゃっぱん》、探偵社を設立してからこちら、数多《あまた》の悪を引きちぎり、無数の陰謀《いんぼう》をかち砕《くだ》いてきた。年季が違《ちが》う。小娘《こむすめ》のひとりやふたり、ひと睨《にら》みだけで両目から血を噴《ふ》き出して即死《そくし》だろう」

即死だ、と国木田はもう一度云った。

何だか呪《のろ》いみたいですね、と谷崎は云った。

「だからこその社長だ。しかし何故《なぜ》そんなことを訊く？　探偵社が設立された理由など……否《いや》、社員として気になるのは無論判《わか》るが、何故今なのだ？」

谷崎は、それがですね、と云いながらほうじ茶に口をつけた。まだ熱かったらしく、あちち、と舌を出した。それから云った。

「太宰《だざい》さんに訊かれたンですよ」

「太宰にぃ？」

途端《とたん》に国木田は顔をひきつらせた。

「ええ、ですから……」

「待て、少し待て。落ち着かせろ」国木田は手を掲《かか》げて谷崎を制止した。「最近奴《やつ》の名前を聞くだけで、心労《ストレス》から下腹部に鈍痛《どんつう》が走るのだ。奴が近くに接近してくる気配だけで、視界が白と黒にちかちか明滅《めいめつ》するようになってしまった。天然の接近警報だ。少し落ち着く時間をくれ」

「た、大変ですね……。気持ちは判りますけど……」谷崎がいたたまれない顔をした。

「太宰を、あの腐《くさ》れ風来坊《ふうらいぼう》を制御《せいぎょ》できる人間は探偵社で俺しかおらんからな。否、厳密には誰《だれ》もおらんのだが……俺は社長から直々に奴の管理監督《かんとく》を仰《おお》せつかっている。それはすなわち社長からの信頼《しんらい》だ。故《ゆえ》にそう簡単に、あいつの手綱《たづな》役を投げ出す訳には——」

途中《とちゅう》まで語って、国木田はふと言葉を切った。天井《てんじょう》を見上げ、目をこすりながらいぶかしげに云う。

「む……？　何だ、急に照明の具合が悪く……」

谷崎はつられて照明を見上げた。しかし蛍光灯《けいこうとう》には何の異常もない。

「それは私の合図さ～♪」

喫茶店の入口で、調子外れに唄《うた》う声がした。

「うわあああ！」

国木田の椅子《いす》ががたがたと騒々《そうぞう》しい音を立てた。

入口に立っていたのは、長身の青年だった。

砂色の長外套《コート》、黒い蓬髪《ほうはつ》。ひょろりとした痩軀《そうく》が入口を背負っている。右手には紙袋《かみぶくろ》を提《さ》げていた。

太宰治《おさむ》。二人と同じく、武装探偵社の社員である。

「いやあ、いつ聞いても国木田君の悲鳴は素敵《すてき》だねえ。その反応、寿命《じゅみょう》が縮まっていくのが肉眼で見えるかのようだよ。あ、おばちゃん、いつもの紅茶ね」

店の奥から中年の女性店主が顔を出し、あら太宰ちゃん、今日もいい男だねえと声を掛《か》ける。

太宰はおばちゃんもいい女だよと云いながら手をひらひらと振《ふ》り、国木田の隣の席に着席した。

狭い席がさらに狭くなった。

「太宰……お前、何をしに来た」

国木田が天敵を威嚇《いかく》する手負いの獣《けもの》のような低い声で訊《たず》ねた。

「え？　それは勿論《もちろん》、国木田君の寿命を軽く縮めに」

云い終わらないうちに、太宰は首を絞《し》められてわしわしと揺《ゆ》すられた。

「お前はっ！　どれだけ俺に苦労を掛ければっ！　気がっ！　俺がっ！　どれだけっ！」

「うへはははは」太宰は揺すられながら笑っている。

「ま――まあまあお二人とも。店内ですから」

谷崎は落ち着かない様子で店内を見回した。しかしここは探偵社の入る建築物《ビルヂング》の一階に入った喫茶店である。太宰の奇矯《ききょう》っぷりも、国木田の怒鳴《どな》り声も、店主どころか客までも慣れきっている。客も店員も、小学生の兄弟喧嘩《きょうだいげんか》を微笑《ほほえ》ましく見るような温かい目で谷崎たちの席を見守っている。

そういった客の温かい視線に、あはは、と愛想《あいそ》笑《わら》いを浮《う》かべた。笑うしかない。

国木田はまだ太宰を揺すっており、太宰はまだ楽しそうに揺すられていた。

「お前は自由すぎだ！　今日もこんな時間になってから顔を見せおって……今日は仕事をサボって何をしていた！　どうせまたどこぞで誰かに迷惑《めいわく》を掛けていたのだろう！　あとで謝罪と後始末をするのは誰だと思っているのだ！」

「誰、って……勿論そんなの決まっ」

「云わせるか！」

国木田が、摑《つか》んだ太宰の首を捻《ねじ》った。ぽきっ、と軽《かろ》やかな音がした。

太宰が幸福そうな顔をした。

「あのう、それがですね」谷崎が口を挟《はさ》んだ。「国木田さんに今お話ししたのが、ちょうどその話なンです。太宰さんに『武装探偵社ってなんで出来たか知ってる？』と訊ねられまして」

「何ぃ？」国木田がうさん臭《くさ》そうな表情で太宰を見た。

「そうなのだよ」太宰は捻られた首をぽきぽき鳴らして調節しながら答えた。「ちょうど今日の昼間、谷崎君と逢《あ》ってねえ」

「どこで」

「立ち飲み屋」

国木田は神経毒がゆっくり回っていく患者《かんじゃ》のような表情を、じっくり時間を掛けて浮かべた。

「太宰が仕事をサボって立ち飲み屋にいたのは……まあ想定の範囲《はんい》内だから今はいいとしよう。あとで怒るがな。しかし谷崎、お前までそんな処《ところ》にいたのは何故だ。真逆《まさか》お前までサボりか？　十八歳が仕事をサボって昼から飲酒か？　未成年飲酒の悪影響《あくえいきょう》は統計学説によって様々だが、テストステロンと呼ばれる脳ホルモンの分泌《ぶんぴつ》にアルコールが影響を及《およ》ぼすのは確実とされている。と云《い》うか統計など待たずとも、そんな年から酒ばかり飲んでいると、数年のうちにここにいるワカメ脳みたいになるぞ！」

国木田は力強く横の太宰を指差した。

「どうもワカメ脳です」太宰はぺこりと頭を下げた。

「い、いやだから違いますッて」谷崎は慌《あわ》てて手を振った。「ボクは仕事で行ったンですよ、呼び出しがあって、立ち飲み屋に駆《か》けつけたらそこに太宰さんが――」

「そうなのだよ。その節はどうも」

「何……？　では谷崎、お前は仕事で行ったのか？　太宰のいた立ち飲み屋に？……偶然《ぐうぜん》、は考えにくいな。ならば太宰に呼び出されたか。ツケでも払《はら》わされたか、でなければ太宰がまた面倒《めんどう》を起こしてその騒動《そうどう》に——」

そこまで云って、国木田は顔色を青くして腰《こし》からくにゃりと曲がった。

「ま、真逆——そうなのか？　こいつがまた何かやらかしたのか？」

「すみません国木田さん」谷崎が申し訳なさそうに目を伏《ふ》せる。

「厭だなあ、そんなに睨むような大した出来事じゃあないよ」太宰はにこにこと笑った。「飲み屋の人たちと仲良く飲んで、話をして、話を聞いて、それで帰った。本当にそれだけだよ。……まあその途中に、ちょっと爆弾《ばくだん》とかが挟まったけど」

「…………」

国木田は上半身をゆらりと揺らして沈黙《ちんもく》した。

「……国木田さん？」不安げに谷崎が訊ねる。

「一瞬《いっしゅん》……気絶していた」国木田がかぼそい声で云いながら顔を上げた。「爆弾……だと？　おい谷崎、そんなことがあったなら打合せの最初に話せ。誰からの爆弾だ？　市警の出動は？　軍警の爆弾処理部隊は出たのか？　爆弾はその後どうした」

「ここにあるよ」太宰が紙袋をテーブルにどしんと置いた。

「うわあ！」

　国木田が驚《おどろ》いて椅子ごと後ずさった。

「大丈夫《だいじょうぶ》、よくできた偽物《にせもの》だったから」太宰が肩《かた》をすくめた。「かいつまんで話すとね。昨日馴染《なじ》みの立ち飲み屋に、この爆弾が届けられたのだよ。私宛《あ》てに、匿名《とくめい》の差出人からね。で開けてみると、この爆弾が入ってたって訳。ちょうど包みを解いた時に信管が外れて、少しでも動いたら爆発《ばくはつ》するかもしれない、って状況《じょうきょう》になっちゃった。そんな訳で市警と、探偵《たんてい》社に連絡《れんらく》が行って」

「でボクが駆けつけた訳です」

「お前は……毎回毎回、どうやったらそんな風に高効率に厄介事《やっかいごと》を吸引できるのだ？」国木田が毒茸《どくきのこ》を食したかのような苦悶《くもん》の表情をした。

「いいじゃない、偽物だったんだから」ちょうどその機《タイミング》で、太宰の許《もと》に注文した紅茶が届いた。太宰は笑顔《えがお》で受け取り、角砂糖を幾《いく》つか放《ほう》り込んでから啜《すす》った。そして云った。「結局この爆弾は時限装置《タイマー》だけで爆薬《ばくやく》の内蔵されていない模造品だって判《わか》ったのだよ。ただの厭がらせだね。犯人にも逢《あ》って話をしたし、もう大丈夫」

「犯人を捕《つか》まえたのか」

「うん。爆弾を開けたら中に『ワタシダケヲ視《ミ》テ』と書かれた紙片《しへん》が入っていたよ。私を慕《した》いすぎたさる過激な女性のちょっとアレなアプローチだったのだね。心当たりが何人かいたけど順番に確かめて犯人を特定、しっかりお灸《きゅう》を据《す》えて諦《あきら》めて貰《もら》いました。飲み屋に行くたびに爆弾送られてたら、ろくにお酒も飲めないもの」

国木田は疲《つか》れ切った表情で太宰を見つめたあと、「……そうか」とだけ云った。何故《なぜ》こんな奴《やつ》がモテるのか理解できない、という風な表情だった。

「それでですね、その時一応駆けつけた市警の巡査《じゅんさ》さんに云われたンですよ。『武装探偵社さんに街を守って頂いているから、我々も安心して仕事ができます』……というような意味のことを。でもそれッて変じゃないですか？」

「ほう」国木田は片方の眉《まゆ》を上げてみせた。「結構な事ではないか。相手構わず中途半端《ちゅうとはんぱ》に甘い顔をするから爆弾脅迫《きょうはく》などを受けるのだこの女の敵が！ と蹴《け》られても文句は云えん状況だろう」国木田はそう云いながら、太宰の椅子《いす》の脚《あし》をごつごつと蹴った。

「善《い》いことなのは間違《まちが》いないンですけどね」谷崎は苦笑いしながら云った。「何だか恐縮《きょうしゅく》半分、疑問半分でして。だッて市民が安心して仕事できるよう街を守るのが市警の仕事なンですから。市警にまで『守って貰ってる』と思われるような仕事を、どうして社長は始めたのかな、と」

「そういった話を昼にしたのだよ」太宰は笑顔で云った。

思うがな」

「成《な》る程《ほど》な」国木田は腕《うで》を組んだ。「確かに探偵社の仕事は常に危険と隣《とな》り合わせだ。生半可な覚悟《かくご》で始められる事業ではない。だが社長は知っての通り、義と仁の人だ。この国のどこを探しても、探偵社の長としてあれほど相応《ふさわ》しい人はいない。探偵社設立も天の采配《さいはい》だと、俺は思うがな」

国木田は目前のほうじ茶を啜った。

それから太宰を横目で睨《にら》んだ。

「……探偵社と云えば」国木田は棘《とげ》のある声で云った。「思い出したぞ。太宰、貴様、あの小《こ》僧《ぞう》はどうした」

「小僧?」

「昨日拾った宿なしの小僧だ」国木田は湯《ゆ》呑《の》みを置きながら云った。「お前、あの小僧を探偵社に入れるなどと云い出しただろう。あれは本気か? 正気の沙汰《さた》ではないぞ、見知ったばかりの小僧を、しかも区の災害指定猛獣《もうじゅう》でもある危険な異能者を探偵社に入社させるなど」

「うふふ。正気も正気さ。実は今日は、その用で来たのだよ。いや楽しみだねえ」

「ああ、聞きましたよ」谷崎が身を乗り出した。「何でも、人食い虎捕縛《とらほばく》の依頼《いらい》で市内をお二人が奔走《ほんそう》した結果、浮浪《ふろう》していた少年が虎に変化《へんげ》する異能を持っていた、ッていう事件でしたよね。いやぁ、そんな奇怪《きかい》な事件を僅《わず》か一日で解決し、あまつさえ異能の少年を無事保護するなンて——流石《さすが》は探偵社きっての調査員組《コンビ》ですね」

「いやあ、照れるね」

「こんな奴と組扱《コンビあつか》いするな」

太宰と国木田が同時に云った。

しかし事実、この二人は探偵社において荒事《あらごと》解決の最も得意な二人組であり、二年前の太宰入社以来、高難度の荒事解決数では探偵社随一《ずいいち》を誇《ほこ》っている。

二人の性格と仲の悪さを知らない外部の人間などは、太宰と国木田の二人は息の合った名《めい》組《コンビ》として度々噂《たびたびうわさ》されていた。

知らないとは恐《おそ》ろしいものである。

「兎《と》に角《かく》」国木田は太宰を睨みながら云った。「俺は反対だ。どうしてもと云うならば社長に掛《か》け合え。社長が認めるならば俺からは何も云わん」

「もう掛け合ったよ」太宰は笑顔で云った。「入社試験の内容を考えろ、ってさ」

「そうなンですか？　ッてことは入社試験までは許可が下りたンですね」

「そうなのだよ。けど問題は」太宰は親指を口許《くちもと》に当てて考える仕草をした。「今回敦《あつし》君に課す入社試験を何にするか、まだ決まっていないことなのだよね。私の一存だけで決める訳にもいかないし。だよね、先輩《せんぱい》？」

台詞《せりふ》の最後で、太宰は意味ありげな笑みを国木田に向けて投げた。

「無論だ」国木田は不機嫌《ふきげん》な顔で腕を組んだ。「試験は社への適性、それにその社員の魂《たましい》の真贋《しんがん》を見極《みきわ》める重要な通過儀礼《ぎれい》だ。おまけに今回の新人は災害指定猛獣、下手《へた》をすれば不法に危険対象を保護したとして探偵社そのものにも嫌疑《けんぎ》が降りかかりかねん。社長が許可を出したならば是非《ぜひ》もないが、入社試験は普段《ふだん》よりもよほど念入りに施行《しこう》する必要がある。お前一人の適当な着想《アイデア》で決めさせる訳にいくか」

「なら決まりだね」太宰は嬉《うれ》しそうに紅茶を飲み干すと立ち上がった。「行こう。探偵社の会議室に、皆《みな》を呼んであるのだよ」

「——何のために」国木田が平坦《へいたん》な声で訊《たず》ねた。

「今国木田君が云《い》ったことを、実現させるためだよ」

太宰は注目を集めるように人差し指を立てると、にこやかに云った。

「社長命令だよ。探偵社の新たな星となる新人君の、社員としての適性を験《ため》すには、皆の智恵《ちえ》が必要なんだ」

太宰は息を吸い込んだ。そして宣言した。

「第一回、入社試験大選考会だ！」

－－－－－－－－－－－－－－－－－－－－－－

武装探偵社は、異能者によって構成された、民間の武装調査組織である。

探偵社には、依頼人の問題を解決するため調査活動を行う調査員と、情報収集・渉外《しょうがい》・会計等を担当する事務員が所属している。構成人数は一定ではないが、社長も含《ふく》めると常時十数名が活動していることになる。

調査員は、ほぼ全員が何らかの異能を所持している。

異能者・谷崎潤一郎。能力名——『細雪《ささめゆき》』。

異能者・国木田独歩。能力名——『独歩吟客《どっぽぎんかく》』。

異能者・太宰治。能力名——『人間失格』。

その他《ほか》の調査員も、それぞれ固有の異能を持ち、それぞれに力を振《ふ》るって調査活動を行っている。市警をはじめとする公権力が支配する昼の世界と、黒社会が支配する夜の世界のあわいを取り仕切る、薄暮《はくぼ》の異能者集団である。

そしてこの武装探偵社が設立されたのは、十余年前、社長がある一人の異能者に出逢ったことが契機《けいき》だった。

その物語は、しかし後に語られることになるだろう。

今は、新たな探偵《たんてい》社員について。彼の入社の是非を見極める、入社試験についての物語だ。

中島《なかじま》敦——入社前夜。

武装探偵社事務所は、赤茶けた煉瓦造《れんがづくり》の建築物《ビルヂング》の四階にある。

探偵社にあるのは事務フロア、応接・会議室、社長室、医務室、手術室、給湯室である。裏口には螺旋《らせん》状の非常階段があるが、出入りに用いるのはもっぱら旧式の昇降機《エレベーター》だ。

その昇降機を使って、国木田たち三名は探偵社へと向かった。

時刻は夜。事務員はほとんどが帰宅の途《と》についており、残っている人影《ひとかげ》はまばらだ。しかし二、三名の事務員がなおもフロアに残り、煌々《こうこう》と点《とも》された白色蛍光灯《けいこうとう》の下、手紙を書いたり小説を読んだり夜食の麵類《めんるい》を啜《すす》ったりしていた。仕事が終わらないからと云うよりは、残りたいから残っている面々である。

事務所の窓から見える海辺で、どこかの商船の汽笛が数度、間隔《かんかく》をあけてぼうと鳴った。

国木田たちはそんな事務員に軽く手を掲《かか》げて挨拶《あいさつ》をしたあと、事務フロアを抜《ぬ》けて会議室へと入った。


会議室には先客がいた。

「おやおや、男三人ばかりゾロゾロと不景気な面揃《ツラそろ》えて、どうしたんだい？　解剖《かいぼう》志願なら結構だけど、今日は営業終了《しゅうりょう》だよ」

細い脚《あし》を組んで座り、掲げた新聞を読んでいた与謝野《よさの》女史が顔を上げた。

異能者・与謝野晶子《あきこ》。能力名――『君死給勿《きみしにたもうことなかれ》』。

彼女は探偵社専属の外科医師《げかいし》である。世界的に見てもきわめて希《まれ》な治療《ちりょう》系異能者であり、荒事が多く生傷の絶えない探偵社員の治癒《ちゆ》加療《かりょう》を一手に仕切っている。腕《うで》はすこぶる良い。しかし手術と解体を三度の飯より好んでおり、打ち身擦《かす》り傷程度の軽傷でも解体手術しようとすることがあるため、敵よりもむしろ身内から恐れられている。

なお、彼女の主な手術道具は鉈《なた》である。

「与謝野女医《せんせい》」先頭に立っていた谷崎は目をぱちくりさせた。「会議室で、何をされてるンです？」

「見ての通り新聞を読んでるのさ」与謝野女医は手に持った新聞をバサリと鳴らしながら云っ

た。「今日は忙《いそが》しくて新聞読む暇《ひま》もなかったからねェ」

与謝野は新聞記事を眺《なが》めながら云った。「いやァ、今日もいい記事だねェ」

「あんまり与謝野さんが新聞好きッて印象がありませんけど」谷崎は新聞を覗《のぞ》き込みながら云った。「いい記事ッて何です？」

「新聞で一番いい記事はねェ、死亡記事だよ」与謝野はにやりと笑った。「この世で一番公平にその人を判じてくれる」

「全くだね」入口にいた太宰がにこにこした顔で云った。

そのような言葉を交《か》わしてから、谷崎たちは会議室に入った。谷崎、国木田、太宰と順に席に座る。

会議室の時計の刻みが、ちくたくと室内に響《ひび》いていた。

「それで、会議室で何する気なンだい？」与謝野が新聞から目を上げて訊ねた。

「うふふ、入社試験の決定会議ですよ」太宰がにこやかに答えた。「昨日の虎《とら》少年君、与謝野先生も居合わせたからご存じでしょう？　彼の入社試験を決めるにあたり、今回は皆の意見を募《つの》り、民主的に決めようって話になったのですよ」

「民主的ねェ」与謝野は眉《まゆ》を上げた。「谷崎の時と同じことをやればいいじゃないか。駄目《だめ》なのかい？」

与謝野は谷崎のほうを向いた。谷崎は青い顔をして首を横にぶんぶんと振った。

「あ、あの時のことは――思い出したくありません」

谷崎もまた新参者であり、入社の際にはある意味では過酷《かこく》な入社試験を通過《パス》している。しかしあまりの過酷さに、谷崎の無意識は当時の記憶《きおく》に強固に蓋《ふた》をし封印《ふういん》してしまっていた。思い出すと心的外傷《トラウマ》が蘇《よみがえ》るからである。

「ボクの話は善いンです」谷崎は身を乗り出した。「今回の試験は穏当《おんとう》な奴《やつ》にしましょう」

「へェ、見なよこの記事」与謝野が新聞を見ながら声をあげた。『上海蟹《シャンハイガニ》ノ無許可飼育店ニテ火災発生、死傷者多数』だッてさ。何ともまァ旨《うま》そうな香《かお》り漂《ただよ》う事故現場だねェ。帰りに寄ってみようか」

そう云って与謝野は舌なめずりをした。

「い、幾《いく》ら何でも不謹慎《ふきんしん》では……？」谷崎は困ったような顔をした。「それに与謝野さん、その新聞、日付が二ヶ月前ですよ。古新聞です。今行っても上海蟹の焼ける芳醇《ほうじゅん》な香りは嗅《か》げませんッて」

「おやァ、本当だ」与謝野は新聞の日付欄《らん》を見て顔をしかめた。「誰《だれ》だい、こんな処《ところ》に古新聞を出しっぱなしにしたのは。全く――折角《せっかく》死傷者が大勢出たなら、司法解剖を手伝う名目で死んでる奴から生きてる奴まで切り刻んでやろうと思ったのに」

与謝野は残念そうに古新聞を投げ捨てた。

「否《いや》、死人は兎《と》も角《かく》、生きてる人を鉈で切り刻むのは……」いつも切り刻まれている谷崎は、被害者《ひがいしゃ》特有の同情心の込もった困り顔をした。

「焼き蟹、それは現世《うつしよ》の至宝」太宰が焦点《ピント》のややずれたコメントをした。

「おい太宰」それまで黙《だま》っていた国木田が、低い声で云《い》った。「蟹の話はいいとして、会議はどうしたのだ。先刻《さつき》お前、〝会議室に皆《みな》を呼んである〟と云っていなかったか？　見たところ与謝野女医《せんせい》の他に、姿を見せそうな気配もないが」

「うーん」太宰は時計を見ながら首を捻《ひね》った。「声は掛《か》けておいたのだけど、うちの調査員は皆自分本位《マイペース》だからなあ。集合にはもう少し掛かるかもね」

国木田は腕を組んで太宰を見た。

「皆も、お前のような自分本位《マイペース》の国の皇太子に云われたくはないだろうが」国木田は唇《くちびる》をへの字に曲げた。「会議と云うが、具体的にはどういう議事進行をするのか、決まっているのか？」

「はいはい。議事進行の国の宰相《さいしょう》たる国木田君に文句を云われないよう、ちゃんと計画を立ててきたよ」

太宰は立ち上がると、会議室の隅《すみ》に設《しつら》えられていた備品の白板《ホワイトボード》に文字を書き込んだ。

「ひとつめ。入社試験について各自が提案《アイデア》を出し合う。ふたつめ。出た提案の中から、最適な案を決定する。みっつめ。決定された試験内容に基《もと》づいて、担当を割り振《ふ》る。——どう、計画的でしょう？」

太宰は白板をこつこつと叩《たた》きながら語った。

「計画的なことは認めるが、そうなったらそうなったで今度は厭《いや》な予感がするな」国木田は顔をしかめた。「みっつめの〝担当の割り振り〟が特に怪《あや》しい。お前のことだ、自分には絶対に役職が回ってこないよう、事前に計略をめぐらせているのだろう。違《ちが》うか？」

「厭だなあ、私のような真面目《まじめ》な人間が、そんな汚《きたな》いことをする訳ないよ、国木田君は同僚《どうりょう》であるこの私を信じられないと云うのかい？」

太宰は両手を広げ、潔白を示すように宣言した。

「信じられん」

「信じられませんね……」

「気持ちがいい程《ほど》信じられんねェ」

太宰は楽しそうに飛び上がった。「皆ひどい！」

「まあ、その監視《かんし》は全員で行うか。ではみっつめの、最後の担当決めはそれで善《い》いとして、最初の提案《アイデア》出しは今からでも継始《はじ》められんか？」

国木田は再び時計を見た。

太宰が集めた調査員といえば、残るは乱歩《らんぽ》、賢治《けんじ》の二人である。多数決を要する最終決定にはその二人も必要だが、その前段階の提案は今揃っているメンバーでも議論することはできる。国木田はそう云った。

「なんだ、やる気じゃない」太宰は笑顔《えがお》で云った。「国木田君が乗り気になってくれたのならもう終わったようなものだ。早速《さっそく》会議に入ろう。はい、それでは提案のあるひと」

太宰は自分の席に腰掛《こしか》け、全員を順繰《じゅんぐ》りに見回した。

会議室の面々は、それぞれに互《たが》いの顔を見比べた。

唐突《とうとつ》に始まった会議に、皆どのような空気感で臨《のぞ》めばよいものか測りかねていた。敵異能者との斬《き》った貼《は》ったすら鼻歌交じりにこなす歴戦の探偵《たんてい》社調査員にも、苦手なものがある。それは空気を読むことだ。それぞれに飛び抜《ぬ》けた異能と性格を持った調査員の集まりにおいて、お互いの腹を探《さぐ》るなどという芸当は南米秘境の財宝を探るに等しい一大探索《たんさく》である。

しかし、沈黙《ちんもく》は早々に破られた。

「おっ、谷崎君、いかにも『ボクに振ってください』といわんばかりの輝《かがや》かしい表情をしているね！」

面倒臭《めんどうくさ》くなった太宰が、谷崎に水を向けたのである。

「ええ？　ぼ、ボクですか？」谷崎は自分を指差して狼狽《ろうばい》した。

「私には見える、君の内面から溢《あふ》れ出る即妙《そくみょう》なる名案の光が！　さあ告げてみたまえ、君の秘蔵にして切り札、全員が立ち上がって拍手喝采《はくしゅかっさい》をせずにはいられない提案を！　我々には感動する用意がある！」

「理不尽《りふじん》にハードルを上げないでください！」谷崎が慌《あわ》てて叫んだ。「と云うか、そんな奇《き》をてらった試験である必要はないと思うンです。ごく穏当に、今来ている依頼《いらい》のうちから適度な難易度のものを選べば善いンじゃないですか？　確か太宰さんの時もそうだったと聞きましたよ」

「おおー、善い案だ。ありがとう谷崎君」太宰は白板に『依頼解決ノ合否』と黒文字で書き込んだ。「それに対して反論は？」

「判って云っているだろう、太宰」国木田が云った。「平凡《へいぼん》な新人ならばそれでもいい。だが今回の新人は軍警から討伐《とうばつ》指示の出ている災害指定猛獣《もうじゅう》、要するにお尋《たず》ね者だ。ある程度の身元隠蔽《いんぺい》ならば探偵社も不得手ではないが、それでも万一の責任が持てぬ入社前から、荒事《あらごと》の現場に放《ほう》り込むべきではない。社長にもそう云われたのではないか？」

「流石《さすが》は社長の一番弟子《でし》」太宰は頬《ほお》に手を当てた。「ほぼ同じことを社長にも云われたよ。うーん、妥当《だとう》な案ではあるのだけど、もう少し社外の耳目《じもく》を集めない試験を考えないとね。谷崎君、残念」

「そうですか」谷崎は残念そうに云った。「では——外に出るンじゃなくて、探偵社内で起こっている問題を、解決して貰《もら》うッていうのは如何《どう》です？」

「問題とは？」

「うーん……裁断機の紙詰《かみづ》まりとか、水道管の掃除《そうじ》とか……」

「掃除夫の採用試験ではないぞ」国木田が眉《まゆ》を寄せた。「かと云って『魂《たましい》の真贋《しんがん》を験《ため》す』ほどの大事件が、社内にそう転がっている訳でもないしな」

「まァ保留だね」そう云って太宰は白板に『社内ニ於《お》ケル厄介事《やっかいごと》ノ解決』と書き込み、その最後に『?』を書き足した。

「どうも批判ばかりで、話が前に進まないねェ」与謝野が頬杖《ほおづえ》をついて云い、太宰を指差した。

「太宰、言い出しっぺなんだから何か提案しなよ。考えてはあるンだろ？」

太宰は数秒沈黙した。

「……うふふ」

やがて、その台詞《せりふ》を待っていました、というような笑みを浮《う》かべた。

それから太宰はおもむろに紙袋《かみぶくろ》から紙束を取り出し、皆が見えるところに置いた。紙には達筆なのか下手《へた》なのか判らない字で、びっしりと文章が書き込まれている。

「無論考えてきたとも！　とくとご覧あれ、完全無欠で当意即妙《とういそくみょう》なる私の入試計画の数々を！」

　ほう、と感心したような顔で一同が太宰を見た。なんとなく先を予感できた国木田だけが、苦虫《にがむし》を噛《か》み潰《つぶ》したような顔をした。

「まず案その一。これは身体能力、耐久力《たいきゅう》を重視した試験だ。電車で三十分の横浜《よこはま》市立動物園に閉園後忍《しの》び込み、新人君をヒマラヤグマの檻《おり》の中に投げ込む。次の朝迎《むか》えに行った時、ヒマラヤグマを倒《たお》すか逃《に》げ切っていれば、採用」

「おい」

　国木田が低い声とともに太宰を睨《にら》んだ。

「クマと和解していたら補欠採用」

「おい」

「ただしこの案は、ヒマラヤグマからすれば完全にもらい事故であり、とばっちりもいいところなので次の案。——こちらは思考力と問題解決力を重視した案だ。金の亡者《もうじゃ》の転生体かと思うほどの吝嗇《ケチ》で、お釣《つ》りの額を五円間違《まちが》っただけで二時間説教したと云われる六丁目の爺《じい》さんから、何やかや理由をつけて千円借りる」

「おい」

「そのまま一ヶ月ずっとぼけ続けられたら合格」

「辛《つら》い！」

「それからだねえ——」

紙束をめくりながら続けようとする太宰を、国木田が止めた。

「待て待て待て、お前の考えてきた案は全部が全部その調子なのか？　入社試験を何だと思っているのだ。と云《い》うかあの爺様から一ヶ月も逃げ切れる訳がない、心労で頭髪《とうはつ》が死ぬぞ」

「じゃあ今度国木田君の名義で借りてくるよ」太宰は国木田の頭頂部あたりを眺《なが》めながら云った。

「絶対に止《や》めろ！」国木田は頭部を押さえながら怒鳴《どな》った。「……そうではなくてだな、仮にも探偵社の調査員だぞ？　もう少し適した試験内容があるだろう！　義と腕前《うでまえ》、智恵《ちえ》と道徳を験すような適切な試験が」

「ええ？　じゃあこんなのはどうかな。砂糖を五分で二瓩《キロ》食べられたら——」

「だからお前の案はどれも参考にならん！　しかも段々本筋から外れて吃驚《ビックリ》人間試験になってきている！　全く、他《ほか》の人間はいないのか、こいつよりは多少真面《マシ》な提案のある奴《やつ》は——」

国木田ががりがりと頭皮を掻《か》きながら呻《うめ》いた、その時。

「お待たせしましたあ！」

会議室の扉《とびら》が勢いよく開かれた。

扉の蝶番《ちょうつがい》あたりで、みしりと変な音がした。

全員が振《ふ》り返る。

「いやあ自宅前の畑を耕していたら遅《おそ》くなりました。今日はこのくらいの、人ひとり撲殺《ぼくさつ》できそうな上等の大根を収穫《しゅうかく》しました。あとで皆《みな》さんにお裾分《すそわ》けしますね！」

潑剌《はつらつ》と元気よく声をあげたのは、麦藁帽子《むぎわらぼうし》を被《かぶ》った少年であった。

小柄《こがら》な体軀《たいく》に、綿織りの吊下着《サロペット》。衣嚢《ポケット》に突《つ》っ込まれた軍手は、新鮮《しんせん》な土に汚《よご》れている。加えて足元は、素足《すあし》であった。

探偵社最年少の少年調査員、宮沢《みやざわ》賢治の姿がそこにはあった。

「いやあ賢治君。待っていたよ！」太宰が笑顔で出迎《でむか》えた。「先刻《さっき》伝えたばかりだから会議の趣旨《しゅし》は憶《おぼ》えているよね。現在会議は、議論百出の大盛況《だいせいきょう》だよ！　是非《ぜひ》賢治君も、妙案《みょうあん》をひとつふたつ垂れていってくれ給《たま》え！」

少年調査員、賢治は「はい、頑張《がんば》ります！」と元気に返事をしてから会議室に入った。裸足《はだし》で会議室をぺたぺたと横切り、白板の文字を読む。それから会議の参加者を振り返り、

「入社に相応《ふさわ》しい実力があるか確かめればよいのですね」と云った。

それから数秒考えたあとで、太宰に向けて手を挙げた。「はい！」

「はい賢治君」太宰が指差して指名した。

「僕と腕相撲《うでずもう》をして勝てばいいんだと思います！」

参加者の全員が真顔で沈黙《ちんもく》した。太宰まで沈黙した。

無理である。

賢治の異能力——『雨ニモ負ケズ』は、艱難辛苦《かんなんしんく》の悉《ことごと》くを物理的に撥《は》ね返す身体強化の異能である。要するに怪力《かいりき》だ。車ひとつ程度であれば易々《やすやす》と投げ飛ばす。一度、怪力自慢《じまん》の力士三人と相撲をしたことがある。三人同時に、放物線を描《えが》いて飛んでいった。落下地点はいまだに判らない。

その賢治と腕相撲。

参加者全員の脳裏《のうり》に、肩《かた》のところから腕がぽろりと捥《も》げてひええと悲鳴をあげる新入りの姿が浮かんだ。

「いやあ、それは流石に……」黙《だま》っていた谷崎が恐《おそ》る恐る口を挟《はさ》んだ。

谷崎はこわばった表情で参加者を見回した。

隣《となり》の与謝野が、「……善《い》いかも」とつぶやいてにやりと笑《え》むのを見たので、谷崎は早々に話題を変えることにした。

「ほ、他にないかな?」

賢治は特に気にした風もなく「他ですね?」と云って、素足をぺたぺたと鳴らしながら考え込んだ。

「矢《や》っ張《ぱ》り探偵《たんてい》っていうのは、日々の地道な積み重ねだと思うのです」賢治はぽんと手を鳴らして云った。「さっと本丸に乗り込んでぱっと大暴れすれば大団円、というものではない——と、きっと社長なら云うのではないでしょうか。そこでですね、ちょうどいい具合に、うちの隣に休耕地になっている田んぼがありまして。そこを日々地道に耕して、秋の収穫高で入社合否を決めると、とても素敵《すてき》なのではないでしょうか！」

全員が無言で谷崎を見た。

突っ込め、という視線である。

「……う……うん」仕方なく谷崎は変な声の相槌《あいづち》を打った。

「前半についてはここにいる全員が賛成すると思うンだけど……秋はちょっと、時間が掛《か》かりすぎかな……？　ですよねえ、国木田さん」

「お、おう」いきなり振られた国木田がびくりと跳《は》ねた。

「そうですかあ」賢治が邪気《じゃき》のないつぶらな瞳《ひとみ》をくるくると動かして残念がった。「では、うちの田舎《いなか》における、ごく一般《いっぱん》的な通過儀礼《ぎれい》ではどうでしょう」

「へえ、それはどんな？」谷崎が眉《まゆ》を上げた。

賢治は東北の山奥、森を抜《ぬ》け沢《さわ》を越《こ》えた先にあるおそろしく辺鄙《へんぴ》な田舎の出身である。ついニヶ月前に社長にスカウトされ探偵社に来るまでは、畑と牛に囲まれて素朴《そぼく》な暮らしをしていた。

　賢治が土から生えたような天然児なのは、そのためである。

「農業一般の手伝いをして回る青年会の入会資格は幾《いく》つかあるのですが、たとえばこういうのはどうでしょう」賢治は指を一本立てて云った。

「今日以降の天気を中《あ》てる」

「へえ……それは面白《おもしろ》いね。矢っ張り農家の人は天気って大事なンだなあ。じゃ天気予報に頼《たよ》らず、明日の天気を中てたら合格？」

「いえ、明日ではなく、一ヶ月後まで全部」

「……へ？」

「土とか生き物の状態から予測するんです。僕もできますよ、晴れ、曇《くも》り、晴れ、晴れでありながら朝方と日暮れににわか雨……」

　それから賢治は一ヶ月分の天気をぺらぺらと諳《そら》んじた。残念ながら全員がぽかんとしており、内容が頭に入った者は誰《だれ》もいなかった。

「そ……それは凄《すご》いんだけど」ようやく谷崎が口を開いた。「他にないかな？」

「あとは牛と会話できたら合格。犬と会話できたら合格」

「凄いね賢治君の村……」谷崎が呆然《ぼうぜん》とつぶやいた。

「あとは雨乞《あまご》い能力がある者は合格。一日で苗木《なえぎ》を大木にできる者も合格」

「凄いエリート揃《ぞろ》いだねその村！」

「公民館を一晩で造ったら合格」

「豊臣秀吉《とよとみひでよし》⁉」

「祟《たた》り神を倒《たお》したら合格」

「アレ実在するの⁉」

「あとは……」

「ちょッ、ちょっと待って」谷崎はたまらず押しとどめた。「完全に探偵社の入社試験と関係ないところまで行っちゃってるし、あとこれ以上聞いていたら何か引き返せないところまで行っちゃいそうだから、残念だけどそのへんで」

うーん、そうですか？　と残念そうに云って、賢治は首を傾《かし》げた。

谷崎が振り返ると、太宰が白板に『豊臣秀吉』と書き込んでいるところであった。


入社試験をめぐる議論は白熱の一途《いっと》をたどった。

太宰が提案すれば国木田が否定し、国木田が提案すれば与謝野が異を唱え、与謝野が案を出せば谷崎が「ちょっとそれは」と云《い》った。

全員がより正しくより健《すこ》やかな探偵社の新人を選出すべく、一致《いっち》団結して議論に熱を入れた——訳ではなく、単に全員の個性が特殊《とくしゅ》すぎ、「ほどほど」の案が全く出なかったためである。

「新人は根性《こんじょう》が要《い》るからねェ」艶《つや》っぽく唇《くちびる》をニィッと横に引いて、与謝野が云った。「じゃあこうしよう。——各自見てご覧、左手の小指があるだろ？」

全員が自分の小指を見た。

「この左手の小指からだねェ、こう、順番に指をもぎ取っていって……右手の小指十本に到達《とうたつ》するまで我慢《がまん》できたら合格」

「刳《エグ》すぎる！」谷崎が悲鳴を上げた。

「じゃあ……八本」

「驚《おどろ》くほど意味のない譲歩《じょうほ》！」

「いいじゃないか、どうせ妾《アタシ》の能力で完治できるンだから」与謝野は拗《す》ねたように云った。

「何本もが駄目《だめ》だって云うなら、小僧《こぞう》の下半身の急所を鉄鑢《てつやすり》でごりごり削《けず》っていって、どこで泣き出すかって試験」

男性陣《じん》が想像上の痛みに自分の股間《こかん》を押さえてぴょんぴょん跳ねた。

「痛い系から離《はな》れてください！」

「じゃ、妾と日本酒の飲み比べをして勝ったら合格」

アルハラ！　と谷崎が叫《さけ》んだ。

「ねえ、先刻《さっき》から黙りこくっている国木田君」太宰が云った。「そろそろ真打ち登場といこうじゃないか。先輩《せんぱい》として、何かしら彗星《すいせい》のごとく輝《かがや》く意見を垂れるならば、今をおいて他《ほか》にないよ？」

「……お前の『持ち上げておいてからの神速の梯子外し《はしごはず》』を知悉《ちしつ》している俺からすれば、今の台詞《せりふ》で立つのはやる気ではなく鳥肌《とりはだ》だが」国木田は太宰を睨《にら》んで云った。「まあいい。ではこういうのは如何《どう》だ。太宰を倒せたら合格」

「成《な》る程《ほど》」谷崎が感心したようにぽんと手を打った。

「……他には」太宰が薄目《うすめ》で国木田を見た。

「太宰をぎゃふんと云わせ、これまでの悪さを反省させられたら合格」

「成る程ですねえ」谷崎がうんうんと頷《うなず》いた。

「他には」

「太宰を……！　こう、木の板の間か何かに挟《はさ》んで上下からぎゅうぎゅうと圧力を掛け、高温の蒸気を吹《ふ》きつけながら細い針を何本も刺《さ》し、たまに電流を流しながら耳元でこう、『お前のせいだ、お前のせいだ』と繰《く》り返し、それからこう、こう……！」

おそろしく熱の入った動作で、国木田は身振《みぶ》り手振りで空中の見えない何かを叩《たた》き、捻《ひね》り、揺《ゆ》すった。目が血走っていた。

谷崎はじめ、会議の参加者はちょっと引いていた。

「えーと……何か、ごめん」太宰は小声で云ったが、国木田には聞こえていなかった。

でも反省はしてませんよね太宰さん、と谷崎が云った。

うん、と太宰は普通《ふつう》に答えた。

ちょうどその時、会議室の扉《とびら》がノックされた。

「失礼いたします」鈴《すず》のような少女の声がした。「皆様《みなさま》、会議お疲《つか》れ様ですわ。お得意様から差し入れを頂いたものですから、少し手をお休めになって、おひとついかがかしら？」

扉を開けて入ってきたのは、年若い女学生であった。

背中に垂らした黒髪《くろかみ》は長く艶々としている。通学服から伸《の》びた細い手が、食事の載《の》った盆《ぼん》を支えている。

「ナオミ」谷崎が驚いて顔を上げた。「先に帰ったと思ってた」

「兄様と一緒《いっしょ》に帰ろうと思って、待っていましたの」女学生はふんわりと微笑《ほほえ》んだ。目許《めもと》の泣きぼくろが、年齢《ねんれい》に似つかわしくない色っぽさである。

谷崎ナオミ。学校に通う傍《かたわ》ら、探偵社《たんてい》にて事務に従事する、谷崎の実妹《じつまい》だ。

ナオミは手慣れた動作で、会議室の机の上に人数分の緑茶と肉まんを置いていった。肉まんは蒸《ふ》かしたてのように善《い》い匂《にお》いのする湯気を立てた。

谷崎の横を通りぎわ、ナオミは谷崎に吐息《とい》がかかるほど顔を近づけ、そっと囁《ささや》いた。

「兄様」ナオミの吐息《き》にはほのかな熱が籠《こ》もっていた。「今日も素敵《すてき》ですわ」

そう云って兄のうなじを指先でつうっと撫《な》でた。

会議室の全員が見なかったふりをした。

この兄妹《きょうだい》、血の繋《つな》がった実の家族――という話になっている。谷崎も実の妹だと云っているし、ナオミも実の兄だと公言している。

しかしこの二人、顔の造作が全く似ていない。

兄・谷崎の持つ気弱で実直そうな目許、いつも自信なさげな笑《え》みを浮《う》かべた口許《くちもと》に較《くら》べて、妹・ナオミの顔の作りは年不相応と思えるほどの色気に満ちている。唇は肉感的であり、長い睫《まつげ》は瞬《まばた》くたび音がしそうなほどである。瞳《ひとみ》は大きく底知れぬほど奥深く、初心《うぶ》な少年が不用意に覗《のぞ》き込めば最後、めくるめく妄想《もうそう》の世界に囚《とら》われて出られなくなり、血流を一部に集中させることは必定である。

おまけに、兄に対して場所も構わず人目も憚《はばか》らずに肉体的接触《せっしょく》を試みてくる。

会話しながら耳を触《さわ》り、仕事をしながら腿《もも》を撫で、隙《すき》をみては耳に吐息を吹きかける。兄・谷崎はそのたびに人目を気にしてドギマギと視線を彷徨《さまよ》わせるが、ナオミはそんな兄の態度を楽しんでいる気配すらある。

「あら兄様、こんなところに糸屑《いとくず》が……取って差し上げますわね」

そう云って、ナオミは谷崎の鎖骨《さこつ》に爪《つめ》を柔《やわ》らかくなぞらせた。無論、糸屑などない。

谷崎が赤くなり、困ったような顔で瞬きをした。

全員が視線のやり場に困る。

「お前たちは本当に血縁《けつえん》関係があるのか？　そんな感じで兄妹の二人暮らしとか大丈夫《だいじょうぶ》か？」

――と問い糾《ただ》す勇気のあるものは、探偵社にはいない。

探偵社の全員が〝こいつらはクロだ〟と確信しているが、いざ訊《たず》ねてみてあっさり「そうです」と云われたら、どんな反応をすればいいのか。

「ねえ兄様、約束のもの、鞄《かばん》の中に持ってきていますわ。今夜はあれで――」

「え？　あ、ああ、うん、ありがとう」

そんな訳なので、意味ありげに囁くナオミと、目を白黒させながら答える谷崎に『何の話？』と割り込む勇気のあるものもまたいない。

「肉まんおいしいです！」ただ賢治だけが末席で旨《うま》そうに差し入れの肉まんを食べていた。賢治に限っては色気より食い気であった。

「ねえナオミちゃん。序《つい》でに何かひとつ、案を出していっては如何かな?」太宰がにこやかに云った。「今、新人の入社試験について、皆《みな》で意見を出し合っているのだよ」

「まあ、それは素敵ですわ」盆を腋《わき》に抱《かか》えて、ナオミはうっとりと微笑んだ。「でも私なんかに思いつきますかしら――」

「案だからね、何でも歓迎《かんげい》だよ」太宰が云った。「ナオミちゃんが得意な領域の話題でいいよ」

「ばっ」国木田が表情だけで太宰を制止しにかかった。

「そうですわね――」

ナオミは小首を傾《かし》げて少し考え、頬《ほお》を染めながら三つほど案を出した。


残念ながら、ちょっとここに書けるような内容ではなかった。

　　　　　　――


肉まんを食べながら、一同はしばし黙考《もっこう》した。

このままでは埒《らち》があかない。本人たちも己《おのれ》が会議や合議に向いた性格ではないことに薄々《うすうす》感づいている。落としどころが必要だ。

会議室の白板には黒い文字で『依頼《いらい》解決ノ合否』『社内ニ於《お》ケル厄介事《やっかいごと》ノ解決』『豊臣秀吉』『八本挽グ』『アルハラ』『太宰ヲギュウギュウ』『○○ヲ××シチャウ』『肉饅《にくまん》オイシイデス』と書かれていた。

谷崎はややげんなりした。

半ば判《わか》っていたことだったが——この油断ならない探偵社の面々を揃《そろ》えて意見をひとつに纏《まと》めるということがいかに困難を極《きわ》めるか。その意見をひとつの落としどころに結実するということがいかにふわふわと手応《てごた》えのない作業か。砂場で城を作っているほうがまだ建設的というものだ。

谷崎はちらりと国木田を見た。国木田も谷崎をちらりと見た。

こうなることは、二人には予測済みであった。

この会議の前、国木田と谷崎が喫茶店《きっさてん》にて打合せをしていたのも、実のところそのためであった。会議対策会議。彼等はこのように議論がにっちもさっちもいかなくなった時のことを予測していた。

その打合せのことは、ある理由から太宰には内緒《ないしょ》である。

その時の打合せ通り、国木田が口を開いた。

「太宰、そろそろ案を絞《しぼ》ったら如何《どう》だ？　これは三つの議題のうちひとつめだろう。いい加減に決着をつけないと夜が明けるぞ。この中から選べとは云《い》わんが、基本方針くらい決めたら如何だ？」

「ええ？　皆でこうやって実のない議論をするのが楽しいのに。朝までやろうよ」

「おい。楽しかろうが嬉《うれ》しかろうが、すべきことをすべきだろうが」国木田は強めに眉《まゆ》を寄せて云った。「未成年もいるのだぞ。いい加減前に進めろ。あとは試験の案をひとつに決め、役割を割り振《ふ》るだけだろう？」

「でもまだ面子《メンツ》が揃っていないからなあ」太宰は頭を掻《か》いた。「乱歩さんがまだ来てないでしょう。全員揃わないと試験内容は決められないよ。こんな遅《おそ》くまで、どこで何してるんだろうねえ。難事件が長引いているのかな」

「あら」ナオミが頬に手を当てて云った。「乱歩さんなら、事務フロアにいらっしゃいましたけど」

「え？」

「ついさっき通りかかった時に見ましたわ。駄菓子《だがし》のオマケの、砂糖菓子の型抜《かたぬ》きを熱心にされてましたけど」

流石《さすが》は乱歩さん動じないなあ、と太宰は何故《なぜ》か褒《ほ》めた。

江戸川《えどがわ》乱歩——武装探偵社随一《ずいいち》の頭脳を持つ、探偵の中の探偵である。齢《よわい》は二十六。抜群《ばつぐん》の観察力と推理力を持っていながら性格は天衣無縫《てんいむほう》、天真爛漫《てんしんらんまん》、それでいて摑《つか》みどころがなく余人の誰《だれ》にもなびかない。誰の云うことも聞かず解決したい事件の時だけ喜んで出かけ、初対面の人間にも莫迦《ばか》とか阿呆《あほう》とか無邪気《むじゃき》に云い放っては、被害者《ひがいしゃ》だろうが加害者だろうが構わず頭をぺちぺち叩《たた》く。

そして彼に解決できない事件はない。

探偵社の中核《ちゅうかく》を為《な》す、大黒柱とも云える調査員だ。

「ちょっと私、呼んで来ますわ」

そう云ってナオミは小走りに会議室を去った。

ナオミの背中を見送ってから、太宰は「じゃあこれでもう安心だね」と云った。

「乱歩さんの手に掛《か》かれば何でもばっちり確定だよ」

「確かにそうだが、乱歩さんの手を煩《わずら》わせるほどのことか？」国木田が不本意そうに云う。

「あの人の頭脳は事件解決のためにのみ振るわれるべきものだ。こんな些事《さじ》に智恵《ちえ》を拝借する暇《ひま》があるなら、解決を待つ難事件が幾《いく》らでもあるだろうが」

乱歩の異能力を知らないものは界隈《かいわい》にはいない。

市警をはじめとする政府組織の要人ですら、時として乱歩の異能力に縋《すが》るため、頭を下げにくる。

異能者・江戸川乱歩。能力名──『超推理《ちょう》』。

異能とはもとより物理法則をねじ曲げる超常《ちょうじょう》の事象ではあるが、乱歩が持つ異能の凄《すさ》まじさは他《ほか》の探偵《たんてい》社員と較べても群を抜いている。

『真相を見抜《みぬ》く能力』。

あらゆる事件、あらゆる異変の真相を、一目見ただけで見抜いてしまう能力。ほとんど詐欺《さぎ》のような能力である。そんな異能が現実に存在されては、あらゆる捜査《そうさ》機関が「意味なし」になってしまう。世界の理《ことわり》をひっくり返す異能だ。

だが、現に乱歩はその異能を用いて事件を解決する。真相を見抜けなかったことは一度としてない。

だから誰も乱歩に逆らえない。天真爛漫な乱歩はますます偉《えら》そうになり、ずいずいと好き勝手に事件を解決しては関係者を右往左往させる。乱歩が去った事件現場においては、事件が解決したにもかかわらず関係者一同、心労でぐったり疲《つか》れているという有り様だ。

誰にも御《ぎょ》せない無謬《むびゅう》の天才──だが、どういう訳か乱歩も社長の云うことだけは素直《すなお》に従った。怒《おこ》られれば萎《しお》れたし、褒められれば喜んだ。それほどまでに乱歩が傅《かしず》き従う理由を誰も知らなかったが、「まあ、あの社長なのだから、そういうこともあるかもなあ」──などと探偵社員は思っていた。

その乱歩が、コテコテという足音を伴《ともな》って、会議室の扉《とびら》から姿を見せた。

「やあ君たち！　相変わらず益体《やくたい》もない会議で頭を無駄遣《むだづか》いしているそうじゃないか」乱歩が笑顔《えがお》で云った。「全く駄目《だめ》だねえ仕方ないねえ、探偵社は僕がいないと全く駄目だからなあ！」

「お待ちしてました乱歩さん」太宰が笑顔で云った。「先刻話した入社試験の会議です。おひとつどうですか？」

「地味で面倒《めんどう》なことに頭を使うのは厭《いや》だなあ」乱歩は云った。「そのうえ新人が有能だろうが無能だろうが、僕には猿《さる》の毛ほども興味はないよ。世の中には二種類の役回りの人間しかいないんだ。僕に事件を解決されて喜んで泣く奴《やつ》と、事件を解決されて困って泣く奴だ！」

「まさにその通り」と太宰は頷《うなず》いた。

「けど無論、僕の異能に見抜けぬ真相はない。それは殺人事件でも何でもない、しょーもない些事であっても同じだ。どうせ僕は明日出張で試験には参加できない。ようやく待ちに待った連続殺人事件が北陸の地で起こったから。だから試験不在の置き土産《みやげ》として、この会議の行く末を僕の『超推理』で予測してあげてもいいよ」

そう云って乱歩は黒縁眼鏡《くろぶちめがね》を懐《ふところ》から取り出した。

乱歩の異能発現の契機《けいき》となる古い黒縁眼鏡だ。その眼鏡を掛けることで乱歩の『超推理』は発現する。どういう経緯《けいい》で乱歩の手に渡《わた》ったのか知るものはないが、乱歩曰《いわ》く、非常に由緒正《ゆいしょただ》しい、霊験《れいげん》あらたかな眼鏡であるという。傍目《はため》にはただの古ぼけた眼鏡だ。

「乱歩さん――宜《よろ》しいのですか？」国木田がやや落ち着きなく云った。乱歩が異能を事件以外に使うことなど、まずあるものではない。

「勿論《もちろん》――」

それから乱歩は一呼吸置いてから、愉快《ゆかい》そうに云った。

「使うと思った？」

まあそうでしょうね、と一同が頷いた。

「折角皆《せっかくみな》がない智恵《ちえ》絞《しぼ》って頑張《がんば》っているのに、僕がぱぱっと解決しちゃったら可哀想《かわいそう》でしょう。それに君たちは――僕に無断で肉まんを食った！　それが許せない！」

乱歩は机上《きじょう》に並んだ空の皿を指差して宣言した。

「え、でも乱歩さんは事務机で駄菓子を山ほど食べてたのでは……」谷崎が当惑《とうわく》したように云った。

「あのねえ。確かに僕は駄菓子とか饅頭《まんじゅう》とかのほうが好きだよ。それから挽肉焼《ハンバーグ》とか卵包飯《オムライス》とかの判り易《やす》い食事も好き！　だけどね、今は夜中だよ。夜中にふと肉まんの香《かお》りだけが鼻の前を漂《ただよ》い、かつ肉まんそのものは存在しないことほど腹の立つことはない！」

「残りがないかナオミに訊《き》いてきましょう」谷崎が慌《あわ》てて立ち上がった。

谷崎は小走りに乱歩の横を抜け、会議室の扉を開いた。

横を通り抜ける時、乱歩は奇妙《きみょう》に表情の消えた目で谷崎をじいっと見た。それから室内に視線を向け、机の隅《すみ》に畳《たた》まれた古新聞を見た。

「谷崎君」

出て行こうとする谷崎に、乱歩は声を掛けた。

「はい？」谷崎が振り返る。

乱歩はすぐには何も云わず頭をふらふら動かしていたが、やがて、

「まあ——頑張ってね」

と云《い》った。

- -

谷崎は給湯室のナオミと会話し、残りの肉まんを探すように頼《たの》んだ。それから会議室に戻《もど》るべく歩いていると、国木田がやってきた。

「国木田さん」谷崎は云った。「如何《どう》したンです」

「会議は太宰が進行中だ。俺は所用と云って中座した」

国木田は周囲を見回し、人の気配のないことを確認《かくにん》してから云った。

「それより谷崎。例の件の手筈《てはず》はどうなっている」

「問題なく準備できています」谷崎は頷いた。

谷崎はナオミから預かった学生鞄《かばん》を持ち上げてみせた。

先程《さきほど》給湯室で会話した時、ナオミから預かっていたものだ。その時序《つい》でに押し倒《たお》されそうになったが、なんとか逃《に》げ出した。

中には大ぶりの茶封筒《ちゃぶうとう》が入っていた。

「判《わか》っているな谷崎」

「はい」谷崎は頷いた。「ここまでは国木田さんの予測通りですね」

「俺も伊達《だて》に長く太宰と組んでいない」国木田は心底厭そうな顔をした。「奴が何かを企《たくら》みそうな時は本能が報《しら》せてくる。さっきから視界がちらちらして転びそうだ。だが奴の思い通りにはさせん。今回こそ好き放題やり放題のツケを払《はら》わせてやる」

谷崎は頷き、国木田と時間をずらすため先に会議室へと戻った。

谷崎が会議室に戻ると、乱歩はいなくなっていた。谷崎が席を外している間に、この時間でも食べられる肉まんを求めてどこへともなく去ったのだ。「まあ適当に頑張ってね」という言葉を残して。

無論、「あの、会議」と引き留められる人間が探偵社にいようはずもない。

残った面々はなんとなく毒気の抜《ぬ》かれた顔を見合わせ、「まあ、このあたりが妥当《だとう》かな」という顔で、白板の文字を眺《なが》めていた。

『社内ニ於《お》ケル厄介事《やっかいごと》ノ解決』。

谷崎が出した案である。

侃々諤々《かんかんがくがく》の議論のあげく、結局ほぼ最初に出たおそろしく普通《ふつう》の案に落ち着くというのは、探偵社《たんてい》ならずとも割によく見られる風景である。

とは云えこれで議題が解消した訳ではない。厄介事の解決と云っても、重いものから軽いもの、まったりしたものから剣呑《けんのん》なものまで千差万別《せんさばんべつ》だ。中からひとつ、入社試験として適当なものを選ばなければならない。

「昇降機《エレベーター》の調子が悪いのだよね」

「管理会社に問い合わせましょう」

「手術室の備品が切れかけていてねェ」

「通いの薬屋さんにお願いしときますね！」

「事務員さんが、昼食時にちょうどいい店屋物が欲《ほ》しいッて云ってましたが……」

「新人に蕎麦屋《そばや》でも開店させる心算《つもり》か？」

　ちょうどよい規模の厄介事は中々あるものではない。谷崎からやや遅《おく》れて戻ってきた国木田もあわせて、探偵社員たちは頭をつきあわせて考えた。しかし手練《てだれ》の揃《そろ》う探偵社で、新人の実力を験《ため》せるほどの重さを持つ問題の芽は、開花する前に誰《だれ》かに摘《つ》み取られてしまう。残るのは手間ばかりかかって実のない掃除《そうじ》、修理、食事の不満くらいである。

「何だか議論が最初に戻っちまったねェ」与謝野が不満げに云った。「何かもうちょっと規模のでかい問題はないもんかね」

「社長がまだ独身なンですが……」

「規模がでかすぎる！」

　一同は頭を悩《なや》ませ、互《たが》いに顔を見合わせた。

　そして結局、「なければ作るしかない」という結論に至った。

事件の偽装《ぎそう》。つまり狂言《きょうげん》である。

誰かが偽《にせ》の事件を起こし、その場に偶々《たまたま》居合わせた新人に問題をなすりつけるという形式をとって、新人の実力を験《ため》す。それしかない、という空気になった。一同、いい加減考えるのが面倒《めんどう》になってきたためである。

その空気に敢然《かんぜん》と立ち向かい異を唱える勇気ある男がいた。

「待て」国木田である。「狂言も結構だが、ここで根本的な問題を提示したい。太宰だ」

国木田は太宰を見た。太宰は嬉《うれ》しそうに自分を指差した。

「私?」

「そうだ。このままいけば、社外に迷惑《めいわく》が掛《か》からぬよう、社内で事件を偽装する線で固まるだろう。そして誰かが、騒動《そうどう》を準備し問題を演出することになるだろう。そこまでは善《い》い。しかし」

「しかし?」

「全員、そもそもの事の次第《しだい》を思い出して欲しい」国木田は椅子《いす》から立ち上がり、机に両手をついて身を乗り出した。「今回の新人勧誘《かんゆう》騒動は、他《ほか》の誰でもない太宰が云い出したことだ。災害指定猛獣《もうじゅう》などという野蛮《やばん》な代物《しろもの》を、捕縛《ほばく》するでも保護するでもなく、よりにもよって探偵社に入社させるなどという恐《おそ》ろしい発想は、ひとえにこのワカメ脳による適当な思いつきだ」

「それほどでも」太宰が笑って頭を掻《か》いた。

「褒《ほ》めていない。無論俺も、そこからの再考まで進言する気はない。社長が許可を出したことだからな。だが、俺は太宰の性質を厭《いや》というほど知っている。こういう場合の太宰の遣《や》り口はきわめて明確だ」

国木田はそこで言葉を切り、会議室内を見回してから、云った。

「『思いつきは必ず実現する。ただし面倒な部分はさりげなく他人に押しつける』。——違《ちが》うか太宰」

太宰はにやりと笑って頷《うなず》いた。「バレていましたか。流石《さすが》は国木田君」

「褒められても嬉しくない。兎《と》に角《かく》、俺はこいつのこの遣り口のせいで何度も煮《に》え湯を飲まされてきたのだ。押しつけ、転嫁《てんか》、責任回避《かいひ》。煽《おだ》てておいての梯子《はしご》外し。今度は騙《だま》されぬと固く誓《ちか》っても、いつの間にか太宰の思い通りの軌道《レール》を走らされている。おかげで俺は太宰と組んだこの二年、散々な思いばかりしてきた。寒中のドブ浚《さら》いをする羽目になったり、百貨店の女子更衣室《こういしつ》に落下したり、飲まされすぎで記憶《きおく》を失って他人の寝所《しんじょ》で目覚めたり」

アンタら二人そんな面白《おもしろ》いコトんなってたのかい、と与謝野が呆《あき》れた声で云った。

国木田さん心が強いのですね！　と賢治が全く判っていない応援《フォロー》を送った。

「故《ゆえ》に、だ。今回も太宰は、必ずや自分にだけは面倒が掛からぬよう策をめぐらせているはずなのだ。頭だけは回る奴《やつ》だからな。具体的には、お前は今回も何もせずに入社試験の仕事を人に押しつける心算《つもり》だろう！」

「ううむ、善い感じに被害者《ひがいしゃ》意識が根付いてきたねえ国木田君」

「誰のせいだ！」

太宰はうんうん頷いてから、でもねえ、と云った。

「国木田君の心配も判るし、実際出来る限りにおいて面倒と手間をひらひら回避してきた私だけれど、今回のこの状況《じょうきょう》では責任を人に押しつけるのは難しいよ。だって会議だもの。皆《みな》から出てくる意見が、必ずしも私に都合のいい提案とは限らない」

「そうか？　俺は逆だと思うがな」国木田は腕《うで》を組んで云った。「現に会議は、『狂言騒動《きょうげんそうどう》』という案が妥当だと固まりつつある。これは要するに、狂言を実行する一人が兎に角貧乏籤《びんぼうくじ》を引くだけで済む案だ。そしてこの会議の時間と場所、面子《メンツ》の選定はそもそもお前が行った。お前はこの面子からして、『狂言騒動』が妥当な案に落ち着くと最初から予測していたのではないか？　そして最終的な案の決定を待って、自分ではない誰か一人に凡《すべ》ての作業をおっかぶせる算段を立てているのではないか？」

「今日はやたら国木田君に褒められるなあ」太宰は不敵に微笑《ほほえ》んだ。「成る程、国木田君は最初からそれを警戒《けいかい》していた訳だね。それじゃあ、国木田君の案を訊《き》こうか」

「太宰が貧乏籤を引け——とまでは流石に云《い》わん。だがせめて、公平な選定を要求する」国木田は云った。「誰が大変な役を負い、誰が楽をしようが、一切《いっさい》の不正なく誰もが納得《なっとく》できる形の役割選定を」

「成《な》る程《ほど》。説得力ある言葉だね」太宰は云って、会議室の面々を見回した。

太宰はふと云った。「谷崎君、どう思う？」

「え、ボクですか？　ええと、えっととですね」いきなり振《ふ》られた谷崎は狼狽《ろうばい》した。

谷崎はちらりと国木田を見た。国木田は何か云いたげに谷崎を睨《にら》んだ。

生来きっての小心者である谷崎は、混乱した頭で考えた。ここは肯定《こうてい》して別に悪いところじゃあないだろう。

「い……善いンじゃないでしょうか」谷崎はつっかえつっかえそう云った。「新人の試験が楽ではないのは今に始まった話ではないですし、今更《いまさら》役割の押しつけ合いを始めても仕方ありませんし」

「じゃあ、こうしよう」太宰は手をひとつ叩《たた》いてから云った。「谷崎君に、役割の選び方を一任しようじゃあないか。阿弥陀籤《あみだくじ》か、花札か、まあ兎に角人選に偏《かたよ》りが出ない方法で。それで面倒を負う人を決めるのだよ。国木田君、それなら文句ないだろう？」

国木田は無言で谷崎をじろりと見た。

谷崎は黙《だま》って焦《あせ》った。思ったよりずっと、話が簡単に運んだためだ。

「では……」谷崎は考えるふりをして、心を落ち着かせた。

どうすべきか。

この件を話す時、国木田が云っていた言葉を思い出す。曰《いわ》く、『太宰は自分の望む方針を、自分では云わない。必ず他人に云わせる』。探偵社において、乱歩を推理術の化身《けしん》だとするならば、太宰は操心術《そうしんじゅつ》の権化《ごんげ》だ。人心を操《あやつ》り縛《しば》る太宰の操り糸《く》は複雑かつ深遠で、その底は誰にも見えない。

だが、どこかで一歩は踏《ふ》み出さなくてはならない。

「では、籤《くじ》なンて如何《どう》でしょう」

谷崎は笑顔《えがお》を作って云った。

「数字の入った籤を引いて、数字が小さい人から順に、面倒な役を割り振られるというのは」

ふむ、と太宰が云った。

「不十分だ」国木田が眉《まゆ》を寄せた。「この男の手癖《てくせ》の悪さを知らんか？　こいつは恐ろしく指先が器用で、針金ひとつで銀行の金庫を破ってみせる。籤の偽装・すり替《か》えなど朝飯前だろう」

「うふふ」太宰は口に手を当てて微笑み、椅子の上で跳《は》ねた。「今日は国木田君にいっぱい褒められて嬉しい」

「それではこうしましょう」谷崎は机の端《はし》に追いやられていた古新聞を見た。与謝野が読んでいたものだ。「この古新聞を使いましょう。二ヶ月前の古新聞ですから、これなら似たモノを用意したり、書き換《か》えたりの偽装が難しいンじゃないでしょうか」

「成る程ねェ」与謝野が古新聞を引き寄せて云った。「まァそれなら、どんな奇術師《きじゅつし》でもイカサマはできんだろうね。でも、具体的にはどうやるンだい？」

谷崎は少し間をおいてから、答えた。

「日付と頁《ページ》のところを一緒《いっしょ》に切り取って畳《たた》みます」谷崎は古新聞を覗《のぞ》き込んだ。「ご覧の通り、新聞の頁には同じ数字はふたつとありません。この新聞の場合は——1から40までですね。二ヶ月前の新聞なんてそうそう落ちてませんから、日付ごと籤にすれば、古新聞の回収業者を呼びつけでもしない限り同じ籤は作れません」

「ふむ」太宰はにこやかに頷いた。「急拵《きゅうごしら》えにしてはちゃんとした不正対策じゃあないか。どうだい国木田君、これで絶対に大丈夫《だいじょうぶ》でしょう？」

国木田は太宰を睨んだ。「お前に限って云えば、絶対に大丈夫などという文句ほど不安になる言葉はない。だがまあ、このあたりが妥協案《だきょうあん》とするしかないだろうな」

谷崎は人知れず胸を撫《な》で下ろした。

「笑うな気色悪い」

最初の関門は通過《パス》した。

しかし最大の関門は次である。

「じゃあボクが籤を作りましょう」

そう云って、谷崎は新聞の日付部分を折りたたみ始めた。

谷崎が籤を作っている間、することがない他《ほか》の面々は、『狂言騒動』の具体的な内容について意見を出し合った。

矢張《やは》り昔話よろしく、悪漢がお姫様《ひめさま》を急襲《きゅうしゅう》するというのはどうかな。そこを通りかかった新人が助けて……という筋書きは。待て、悪漢の役は誰《だれ》がやる。だからそれを籤で決めるンじゃあないか。悪漢の役は僕がやりたいです！　面白そうです！　否《いや》、それじゃあ新人の頭蓋骨《ずがいこつ》が陥没《かんぼつ》しちまうだろう。妾《アタシ》としちゃそれはそれでオイシイけどねェ。いや待て待て。悪漢は籤でいいとして、問題は救助される姫側だ。姫役は誰がやる？　籤とはいっても姫役を務められるのは通常女性のみであって……（沈黙《ちんもく》）妾？　善《い》いけど、それじゃあ新人の頭蓋骨が唐竹割《からたけわ》りになっちまうよ。ですよね……。前門の虎《とら》、後門の狼《おおかみ》だな。はっ、判った、国木田君が姫役をすればいいのだ！　阿呆《あほ》か！

谷崎は籤を作りながら、長身の国木田が鬘飾《ひだかざ》りのついた純白の衣装《いしょう》を着て「あれーお助けになってー」としなを作る図を想像した。かなり気持ち悪かったが、何故《なぜ》か似合う気もした。いずれにしろ、入社試験など一瞬《いっしゅん》で吹《ふ》っ飛んでしまうだろう。

籤を作りつつ、谷崎はにわかに不安になってきた。

これで巧《うま》くいくのだろうか。国木田さんの云う通り、太宰さんにしかるべき責任を押しつけることができるのだろうか？　段取りさえ踏み外さなければ必ず成功すると国木田さんは云う。そしてこの作戦は――誰より、太宰のためでもあるのだ、とも。

国木田は云った。

今後、太宰に勝てる奴は誰もおらんだろう、と。

入社した時、自分は太宰の教育係だった。だがその時既《すで》に太宰は権謀術数《けんぼうじゅつすう》の極北に辿《たど》り着いており、並みいる関係者に見えない繰《く》り糸を巻き付けては敵の行動すらも自在に操ってみせた。探偵《たんてい》社最高の調査員が乱歩さんであることに間違《まちが》いはない。だが乱歩さんの頭脳は事件を制する頭脳、現場を制する頭脳だ。一方で太宰の頭脳は人を操るもの、人の上に立つためにある頭脳である。いずれ遠からず、太宰は社長の参謀《さんぼう》として采配《さいはい》を振り、探偵社を導く立場となるだろう。この新人加入騒動《そうどう》は、その嚆矢《こうし》であるような気がしてならない。

そんな奴《やつ》に、今のような他人任《ひとまか》せのふわふわした生き方で探偵社にいられては困る。

この入社試験の機会に、奴には人を雇《やと》い管理する苦労を身に沁《し》みて知って貰《もら》わなくてはならない。

だからこそ——今回の入社試験は太宰に全部おっかぶせる。

国木田はそう云った。

そのための策略だ。

太宰を騙《だま》す。それは国木田が相棒二年目にして打ち出した、一大計画《プロジェクト》だった。

国木田の作戦はこうだ。まず事前に、会議室に古新聞を置いておく。そして入社試験における役の割り振りにおいて議論が紛糾《ふんきゅう》した頃《ころ》、さりげなく籤引《くじび》きの必要性を主張する。謀略《ぼうりゃく》の権化である太宰にも操作不能の、公平さが担保された無作為《ランダム》な選出方法として。

そうすれば必ず誰かが、古新聞を利用した籤を主張するだろう。誰も云い出さなければ、頃合いを見計らって谷崎かナオミが提言をする。

あいつに一度はぎゃふんと云《い》わせてやる。そう云って国木田は息巻いた。奴には面倒《めんどう》を面倒として負うことを憶《おぼ》えさせなくてはならん。少しは責任感というものを持って貰わねばならん。探偵社のためにもな。

国木田はそう云った。

籤を作り終えた頃、会議室をナオミが訪《おとず》れた。学生鞄《かばん》を提《さ》げている。

「あの、私そろそろ失礼しようと——兄様、何かご入り用のものはありませんか」

「ああ、ナオミ」谷崎は安堵《あんど》の表情をした。「これから籤をするンだけど、何か紙を入れる適当な袋《ふくろ》ッてないかな？」

　ナオミは、それでしたら、と云って学生鞄より、大ぶりの茶封筒《ちゃぶうとう》を取り出した。

　手筈《てはず》通りだ。

「学校行事で使った封筒の余り物ですの。よろしければ」

　国木田が今回の作戦を立案するにあたって提案したのが、会議の外の人間であるナオミを巻き込むことだった。国木田一人の策謀《さくぼう》では太宰は見抜《みぬ》くだろう。かといって会議室内の全員と謀《はかりごと》をしようとしても、情報漏洩《ろうえい》の可能性が増してしまう。太宰のことだから誰か——おそらく賢治あたり——から易々《やすやす》と企《たく》みの全容を聞き出してしまうだろう。よって、国木田の共犯者は極力絞《しぼ》り込まなければならない。

　そして白羽の矢が立ったのが、兄・谷崎と妹・ナオミであった。

　谷崎としては何故自分が選ばれたのか判《わか》らない。ナオミの付属物としてだろうか。どうもそうであるような気もする。谷崎が必要とされる時というのは大抵《たいてい》、誰でもいいから人手が欲しい時か、谷崎の異能『細雪《ささめゆき》』が必要な時だ。しかし今回の敵である太宰には異能が通じない。ということは、今回谷崎が選ばれたのは、ただただ無難だから——といったところなのだろう。

　しかし仕事もそこそこ、主義主張もそこそこ、正義感もそこそこのソコソコ人間である自分からすれば、先輩《せんぱい》の必殺・理想上段斬《ぎ》りに抗《こう》する口車も反駁《はんばく》する勇気もない。

要するに——流され易《やす》いのだ。

自称《じしょう》・普通《ふつう》人間である谷崎は、それでもいいと思っている。下から二番目の下《した》っ端《ぱ》調査員としては、先輩に請われた仕事をせっせと熟《こな》すほかに、何の仕事があるというのだろう。

籤《くじ》を作りながら、谷崎はそんなことを考えた。

「できました」

谷崎はそう云った。

谷崎の呼び声に、まだ『狂言騒動《きょうげんそうどう》』についてがやがやと話し合っていた一同が振《ふ》り向いた。

谷崎の前には、『1』から『40』までの数字が入った籤が並べられている。

その数、二十枚。

何故四十ではなく二十枚なのか。それは新聞が両面印刷であるがゆえに、『1』の頁《ページ》番号の裏には必ず『2』が印刷されているからである。籤の数字の『1』と『2』はセットなのだ。同じ理由から『3』と『4』もセットである。最後の番号は『39』と『40』の裏表セット。合計二十枚である。

谷崎はそれらをひとつの束にまとめて、慎重《しんちょう》に封筒の中に入れた。

「じゃ、籤引きだね。どういう順でやるンだい？」

国木田は腕《うで》を組んで云った。

「籤を作った谷崎は、一応最後にするのが道理だろう」

「私は？」太宰が自分を指差しながら云った。

「お前は——あまり後に引かせると、また善からぬ策謀を思いつかんとも限らん。最初に引け」

信用ないなあ、と云いながら太宰は封筒から籤をひとつ引いた。

「まだ見るなよ」

「なんで？」

「肝心《かんじん》の配役がまだ決まっていないからな。先に貧乏籤《びんぼうくじ》を引く人間を確定させては不公平だろう？」

国木田は云った。陰謀《いんぼう》の気配を僅《わず》かも滲《にじ》ませない、堂々とした佇《たたず》まいだ。

「道理だね。じゃあ最後にいっせいに開こうか」

そう云って太宰は籤を握《にぎ》りしめた。

「でも国木田君、私はちょうど思いついたのだよ。うってつけの試験内容」

太宰は籤を握りしめたまま云った。

「何だ？」

国木田は太宰からさっと封筒を奪《うば》い取り、かき混ぜながら一枚引いた。

「ほら、そこに私が偶々《たまたま》持ってきていた不発爆弾《ばくだん》があるだろう？」

太宰が指し示す先には、喫茶店《きっさてん》で太宰が見せた偽《にせ》爆弾の紙袋《かみぶくろ》があった。太宰が飲み屋で受け取り、あわや無差別爆破騒動に発展しかけた、さる女性からの贈《おく》り物である。

「折角《せっかく》だから使わない手はないと思ってさ」

「爆弾——を使うのか」国木田が首を捻《ひね》る。

会話する二人を横目に、与謝野が籤を引いて握る。

「そうだよ。探偵社に爆弾魔《ばくだんま》が現れるのだ。犯人は一般《いっぱん》市民を人質《ひとじち》に取り探偵社に立てこもる。迂闊《うかつ》に手を出せない。——そのような状況《じょうきょう》で、新人君がどのような行動を取るか。勿論《もちろん》合否は最終的には社長に判断して貰うけど、爆弾を解除するか、説得で投降させられれば合格。どうだい、なかなか探偵《たんてい》社らしくて善《い》いだろう」

賢治が封筒から籤を一枚引いた。

本来であれば次は乱歩の番だったが、乱歩は試験当日に出張で不在だ。そのため籤を引く責任を免除《めんじょ》されている。

最後に籤を引くのは——谷崎である。

「はいどうぞ、兄様」

ナオミが封筒を差し出す。

ここまで順調に来た。そしてここまで来れば、あとは難しいところなど何もない。ただ籤を引くだけである。

「籤の数字が一番小さい人が――爆弾魔役なンですね」

「そうなるねえ」太宰が暢気《のんき》に云った。

谷崎はちらりと国木田を盗《ぬす》み見た。国木田はほとんど見えないほどかすかに、顎《あご》を引いて頷《うなず》いてみせた。

どうせ流され来た道ならば、最後まで流されなくてはならないだろう。

谷崎は籤を引いた。

――国木田が考えた策はきわめて単純である。

籤の偽造《ぎぞう》。

太宰が引いた籤束と他の面々が引いた籤束は、別物なのだ。

無論それは、古新聞をあらかじめ複数用意しておくこと、そして籤袋である封筒にあらかじめ細工をしておくことで可能となる。

流石《さすが》に太宰と付き合いの長い国木田は、入社試験の役割分担が籤引きにならざるを得ないこと、不正を防ぐため古新聞の頁を籤代わりにするのが落としどころとなること、等を予期していた。

もし古新聞や封筒を使うことができなければ、その時は仕方がない、と国木田は云った。己《おのれ》の『独歩吟客《どっぽぎんかく》』も、谷崎の『細雪』も、触《ふ》れただけで異能力をたちまち無効化する太宰の異能殺し、『人間失格』の前においては気休めにすらならない。その時は腹を括《くく》って運否天賦《うんぷてんぷ》、確率の神が正しき判断を下すことを祈《いの》るしかない。

だが今回は巧《うま》くいった。予定の通り、太宰に狙《ねら》った籤を引かせることに成功した。

まず——前日のうちに古新聞を十一部用意する。そしてその頁と日付が一緒《いっしょ》になった籤を大量に作る。これは谷崎の仕事だった。

昨日のうちに顔馴染《かおなじ》みの古紙回収業者に頼《たの》み込み、同日の古新聞をまとめて引き取った。この古新聞を使って、『1・2』から『39・40』までの数字籤を大量に作る（先述の通り、新聞の頁番号は裏表に印刷されているため、1・2のように二つの数が裏表セットになった籤が出来上がるのだ）。

次に、このうち裏表に『1・2』と印刷された籤と『3・4』と印刷された籤をまとめてひとつの小封筒《こぶうとう》に入れる。十部分の『1・2』と『3・4』——合計二十枚の籤が出来上がる訳だ。

本来入れられるべき『1・2』から『39・40』までの二十枚に代わる、つまりは偽《にせ》の籤束である。

これを太宰に引かせる。

つまり、太宰はどの籤をどう引いても『1』から『4』の数字しか引けないのだ。

数字の小さい籤が、〝外れ〟。

つまり、太宰はこの時点で〝外れ〟確定――爆弾魔の役が確定することになる。

その後、他の人が引く前に、籤束を再度すり替《か》える。他の人が引く束は『5・6』から『39・40』しか入っていない籤束、十九枚である。太宰より必ず大きい数字になる。

合計二度のすり替え。

それさえできてしまえば、この謀略《ぼうりゃく》はきわめて単純《シンプル》で、きわめて露見《ろけん》しにくい、高成功率のイカサマである。

その分、すり替えに対しては念入りな事前修練が必要だった。

それはナオミ、そして国木田の役割であった。

谷崎が会議室にて作った二十枚の籤束《くじたば》を、かき混ぜるふりをして『1・2』『3・4』の束と入れ替える。太宰が引いたあと、国木田は自分が引く時に『5・6』から『39・40』の籤束に戻《もど》す。

とは云《い》え封筒自体が事前に仕込まれた二重底の封筒であったから、すり替え自体はそれほど難しくはない。すり替えに際して行うことは、二重底にあらかじめ仕込んであった籤が、紐《ひも》を引く簡単な操作で封筒内の籤束と入れ替わる仕組みだ。これは国木田が以前より対太宰の最終兵器としてこつこつ準備していたものである。

そして今、凡《すべ》ての計略は完了《かんりょう》した。

太宰。国木田。与謝野。賢治。谷崎。

五人の調査員が籤を持っている。その数字が一番小さい人間が、最も大変な役——この場合は爆弾魔の役——をやることになるだろう。

谷崎はここまでの経緯《けいい》を思い返した。問題ないはずだ。

とは云え、相手はあの太宰だ。入社の最初から身内と敵とを手玉に取り、軽妙《けいみょう》かつ何を考えているか判《わか》らない所作で周囲を混乱させ、過去は全くと云っていいほど不明で、それでいて気づけば何もかもが太宰の望む通りに収まっている。まるで神話に出てくる狂言廻《トリックスター》のようだ。

その太宰を相手に、詐術《さじゅつ》など通用するのか。

「では、私から開くよ」

太宰は自分の籤を開いてみせた。

——『3・4』。

「ありゃ」太宰が口をへの字に曲げた。

成功——した。

谷崎は思わず声を漏《も》らすところだった。

「日頃《ひごろ》の悪行が祟《たた》ったな」国木田が太宰に向けて云った。

流され巻き込まれて陰謀の片棒を担いだ〝普通人間《ふつう》〟谷崎でも、こうまで気持ちよく作戦が決まると気持ちいいものである。相棒である国木田ほどではないにせよ、谷崎も十分太宰に振《ふ》り回され、面倒事《めんどうごと》を押しつけられている。

その復讐《ふくしゅう》——と云うほど大仰《おおぎょう》ではないが、ちょっとした意趣返《いしゅがえ》しだと思えば、胸のすく思いのひとつもしようというものである。

続いて国木田が籤を開いた。『7・8』。きちんとすり替えが機能している。つまり、国木田が引く前に二度目のすり替えが無事行われたということだ。

国木田が、自分の籤をひらひら見せびらかしながら云った。「太宰に勝った。俺は今回はもうただそれだけで満足だ」

「乱心した国木田君が爆弾抱《ばくだんかか》えて泣きわめくところ、見たかったのになあ」太宰が残念そうに云った。

与謝野が籤を開いた。『27・28』。

賢治が籤を開いた。『33・34』。

一番年若い新入りの賢治の籤運《くじうん》が一番強かったことになる。谷崎から見て唯一《ゆいいつ》の後輩《こうはい》調査員である賢治だが、正直なところ、谷崎はこの賢治に勝てると思ったことが一度もない。

最後に、谷崎が籤を開くことになった。

「籤を開く前にひとつ聞いてくれたまえ谷崎君」

不意に太宰が云った。

「何でしょう？」

「この調子では私が最下位に間違《まちが》いはないだろう。これも日頃の放埒《ほうらつ》のツケかもしれないね。だからここは腹を括って、人生に絶望して爆弾を抱え皆《みな》と一緒に楽しく自殺する男の筋書きを考えることにするよ。それで——ひとつ頼みがあるのだが」

「頼み？」谷崎は首を傾《かし》げた。

「爆弾魔《ばくだんま》と云えば立てこもり。立てこもりと云えば人質《ひとじち》だ。できるだけ可憐《かれん》で抵抗《ていこう》力がなく、外見からして『おお人質っぽい』と思えるような人材が欲しい。そこで——君の妹君を人質役に抜擢《ばってき》したい。お願いできないだろうか」

谷崎は傍《かたわ》らのナオミを見た。

ナオミは驚《おどろ》くでも当惑《とうわく》するでもなく、頬《ほお》に手を当てて一言、「私でよろしければ」と云った。

何故《なぜ》か谷崎のほうを見ながら。

谷崎は何か妙《みょう》な違和感《いわかん》を覚えながらも、「まあ——ナオミが善《い》いなら」と曖昧《あいまい》に頷《うなず》いた。

「それは善《よ》かった。さあ、籤を開き給《たま》え谷崎君。栄光の数字が君を待っている」

そう云って太宰は。

——うっすらと笑った。

ほぼ同時に、国木田が立ち上がった。勢いにつられて椅子《いす》が倒《たお》れた。

「真逆《まさか》」国木田は呻《うめ》いた。「谷崎、籤を開いてみろ！」

青ざめた国木田の表情に促《うなが》されるまま、谷崎は慌《あわ》てて籤を開いた。

——『1・2』。

「な——」

「おやおや。これは僥倖《ぎょうこう》」太宰はにっこり微笑《ほほえ》んだ。「籤の神様とは悪戯《いたずら》なことをされるものだ。真逆私より小さい数字をここで引かせてくるとは——谷崎君、ついてないねえ」

谷崎は慌てて籤の日付の欄《らん》を確認《かくにん》した。

他《ほか》の籤と同じ、二ヶ月前の日付。間違いなく、谷崎が用意した籤と同じものである。切り取った断面も、谷崎が作った籤の切り口と同じように思われる。十一部もの新聞を使って籤を作ったのだ。見ればその程度は判る。

だが、そんなことは有り得ないのだ。

籤束は二種類しかない。『1』から『4』までの数字が入った二十枚と、『5』から『40』までの数字が入った十九枚である。国木田・与謝野・賢治が引いたのは間違いなく後者、大きい数字のみが纏《まと》まった籤束だ。それを谷崎も引いた。籤束を再度すり替《か》える機会など、どこにもなかったはずなのだ。

では何故谷崎は、有り得ない『1』の籤を引いたのか。

谷崎は思わず太宰の表情を見る。

太宰の表情は——薄笑《うすえ》みである。それは谷崎の心中を見抜《みぬ》いている笑みであり、谷崎が見抜かれたと気づいたことに気づいている笑みである。

「コンなことが——」

有り得ない、とは云えない。これは籤なのだから、どんな目が出てもおかしくはない。有り得ない、という発言が可能なのは唯一、籤に細工をしイカサマをした人間のみである。

だが何故。

何故この企《たくら》みが外部に漏れたのか。

国木田が漏らすはずがない。谷崎も漏らしていない。となると——。

はっとして、谷崎はナオミを見た。

ナオミは潤《うる》んだ瞳《ひとみ》で谷崎を見ていた。

「だってぇ……」

谷崎は見た。妹の瞳の中に、ハートマークが浮《う》かんで揺《ゆ》れているのを。

ナオミはほんのり上気させた頰を、細い指先で押さえながら云《い》った。「人質になって……兄様に拘束《こうそく》されたり脅《おど》されたり、したかったんですもの」

＿＿＿＿＿＿＿＿＿＿＿＿＿＿＿＿＿＿

探偵《たんてい》社の夜は更《ふ》けていく。

会議は万事《ばんじ》めでたく完結した。会議室からめいめいの感想を云って社員たちは去り、帰途《きと》についた。

結局——谷崎にとっては訳が判らぬまま、明日の入社試験は谷崎が悪の爆弾魔となり、妹のナオミが囚《とら》われの人質役となることが決定した。

とはいえ、試験の仕事は谷崎ひとりで回しうるものではなかったので、谷崎の次に数字の小さい『3』を引いた太宰と、『7』を引いた国木田が、その補助を行うことになった。具体的には新人を呼び出して爆弾魔にけしかけ、事件の解決を迫《せま》る役である。

「お疲《つか》れだねェ谷崎」立ち去りぎわ、薄笑みの与謝野が谷崎の肩《かた》を叩《たた》いた。「結構楽しかったよ」

「明日、頑張《がんば》ってくださいね！」賢治が元気よく手を振った。「新人さん、合格するといいですね！」

乱歩はいつの間にか退社していた。乱歩の机には駄菓子《だがし》の袋《ふくろ》と型抜《かたぬ》きと肉まんの敷紙《しきがみ》、それに〝爆弾魔として立てこもるならどこが適切か〟が書かれた探偵社事務フロアの落書きが置いてあった。乱歩なりの激励《げきれい》なのであろう。谷崎はそれを何とも情けない表情で眺《なが》めた。時間的に乱歩がこれを書いた時、まだ籤引《くじび》きはされていなかったはずだからである。

谷崎は思った。おそらく明日の出張も、入社試験が発生しうる日時を予測し、そこでの面倒な責任を回避《かいひ》するために狙《ねら》ってねじ込んだ出張なのだろう。

流石《さすが》は真実を見抜く『超《ちょう》推理』の持ち主である。

もっと恐《おそ》ろしいのは——乱歩は異能者ではない、という事実だ。乱歩は自分が異能者だと思っているだけで、実態は神憑《かみがか》り的な観察と推理を無意識下で行っているに過ぎないのだ。

一体なぜ乱歩がそのような誤解をするに至ったのか。その契機《けいき》は何なのか。

真相は探偵社の誰《だれ》も知らない。


「納得《なっとく》いかん！」

国木田が居酒屋で叫《さけ》んだ。

「まあまあ、国木田さん……」谷崎が弱々しく云う。

そこは探偵社からほど近い、深夜営業の居酒屋であった。橙色《だいだいいろ》の照明は吊《つ》り下げられた提灯《ちょうちん》のもの、潮騒《しおさい》のような喧噪《けんそう》は赤ら顔の客たちのものである。天井《てんじょう》近くの神棚《かみだな》に、小さい達磨《だるま》が一緒《いっしょ》に飾《かざ》られている。

国木田と谷崎は、反省会と慰労《いろう》を込めて会議後この酒場の暖簾《のれん》を潜《くぐ》った。半ば自棄《やけ》混じりの、要するに打ち上げである。

「いやあ、楽しかったねえ」何故かついてきた太宰が、嬉《うれ》しそうに日本酒を舐《な》めた。

未成年の谷崎は、酒杯《しゅはい》代わりの炭酸飲料をちびちび飲みながら微笑んだ。「それにしても、全部バレていたとは……」

「うふふ、悪巧《わるだく》みの年季が違《ちが》うよ」と笑って太宰は酒杯を傾《かたむ》けた。「とは云え、今回は国木田君の手落ちだよ。後輩《こうはい》を共犯に引き込むなんて、そして谷崎君を指名するだなんて、あまりにも普通《ふつう》すぎ順当すぎるもの。やるなら単独犯じゃあないと」

国木田はむっつりした顔で太宰を睨《にら》んだ。そして云った。「今回は——ぐうの音《ね》も出ん」

「でも太宰さん。一体どうやったンです？　太宰さんが大きい数字を引いた、ッて云うなら判《わか》ります。でも最後の籤《くじ》でボクに『1』を引かせるのは不可能じゃあないンですか？」

谷崎は自分の意志で籤を引いた。その時点で谷崎に『1』を引かせるためには、残った十五枚の籤を凡《すべ》て『1』にしておく必要がある。だがたとえナオミを味方に引き込んでいたとしても、谷崎の前に賢治が『33』を引いたあとで籤全体をすり替える好機《チャンス》などなかったはずだ。

「まあ、それは企業《きぎょう》秘密だね」太宰は悪戯めいて人差し指を唇《くちびる》に当てた。「次に私を騙《だま》す時までに解明しておくことを勧《すす》めるよ」

——悪巧みの年季が違う。

全く太宰の云う通りであった。

国木田は申し訳なさそうに頭を下げた。「すまん谷崎」

「いえいえ」谷崎は笑った。「これもいい経験です」

谷崎は——本当にそう思っていた。

生来の流され易《やす》さからここまで来た。国木田の策謀《さくぼう》にも流されるままに乗った訳だし、爆弾《ばくだん》魔《ま》役を押しつけられたのも謂《い》わば流れだ。谷崎は、少し風変わりな異能を持ってはいるものの、他の探偵社員のように戦闘《せんとう》に長《た》けている訳でもなし、奸智《かんち》に長けている訳でもない。倒さねばならぬ敵を持つ訳でもなく、過去に深い闇《やみ》と心的外傷《トラウマ》を持つ訳でもない。普通である。願いと云えば、唯一《ゆいいつ》の家族である妹の幸福くらいだ。

そんな自分でも、探偵社にいる限り、流される潮流には困らない。故《ゆえ》に、流された果てに押しつけられた爆弾魔の仕事も、楽しんでやってみようと思う。幸いそんな流され屋の自分を、意志が薄弱《はくじゃく》であると叱《しか》り飛ばした人はまだいない。

——薄弱結構。君は流されて遠くへと至りなさい。

恩師の言葉を思い出す。

谷崎は苦笑《くしょう》とともに顔を上げた。ちょうど食事が卓《たく》に運ばれてくるところだった。

「やれやれ、今日は一日無駄《むだ》働きばかりだったな」国木田が云った。「谷崎、好きなものを食え。面倒賃《めんどうちん》にもならんが、俺の奢《おご》りだ」

「わーい」

「お前は払《はら》え」

給仕《きゅうじ》の女性に国木田は次の酒杯を注文し、卓に向き直った。

「そう云えば結局、なんで探偵社が設立されたか、ッて話は有耶無耶《うやむや》のままでしたね」

谷崎が箸《はし》で卓上の芋《いも》をつまみながら云った。

「そんな話もあったな」

国木田は酒杯を舐めながら、大きな溜息《ためいき》をついた。

「社長は滅多《めった》に過去や身の上話をせん。訓示も滅多に垂れん。探偵社設立の逸話《いつわ》——語られるべき時が来れば自然と語られるだろう」

国木田は空中に目をやって、独り言のように云った。「社長に探偵社設立を決意させた人物——できれば逢《あ》ってみたいものだがな」

太宰は曖昧《あいまい》に微笑《ほほえ》んでいる。

谷崎は思った。それほど探偵社と馴染《なじ》み深い人なら、もう逢っていてもおかしくはない気がする。誰か——意外に身近な人物なのではないだろうか。

「皆《みな》知りたがってると思うけどなあ。今度社長に訊《き》きに行ってよ、国木田君」

「何故《なぜ》俺なのだ。自分で行け」

「判った、じゃあ誰が行くかを籤引きで——」

「籤引きは二度とやらん」国木田は太宰を睨んだ。

「否《いや》、むしろ社長も含《ふく》めて四人で籤を引いて、負けた人から恥《は》ずかしい過去を語っていくという遊戯《ゆうぎ》などどうでせう」

「何がどうでせう、だ！」国木田は叫んだ。「どう考えても俺が恥ずかしい過去をげろんげろん語る結末しか見えんではないか！」

国木田は酒杯を飲み干し、ぐったりと項垂《うなだ》れた。

女性給仕が新たな皿を運んで来た。谷崎は小さく黙礼《もくれい》した。

「今回も――結果から見れば太宰が責任を回避する方策に、まんまと手を貸してしまった形だ。屈辱《くつじょく》だ。絶対にぎゃふんと云《い》わせられると思ったのに」国木田は云った。「もう何でもいいから勝ちたい」

「うふふ、ぎゃふんくらい頼《たの》めば何度でも云ってあげるのに。ぎゃふんぎゃふん。――おや、この蓋《ふた》つきの皿は何の料理だろう。珍《めずら》しいねえ」太宰は卓上の皿に手を伸《の》ばしながら云った。

「でも――そう云えば太宰さん、ボクの次に小さい『3』の数字を引いたせいで、当日新人君を連れてくる役をする羽目になっちゃいましたけど」谷崎は首を傾《かし》げた。「それを避《さ》けなかったのは何故です？」

「ぎゃふんぎゃふんぎゃふん。それはね、国木田君がただ日頃《ひごろ》の恨《うら》みを晴らすためだけじゃなく、入社試験で私に何か学ばせよう――みたいな意図を持って今回の会議に当たっていた気配を感じたからだよ。少しくらいはその配慮《はいりょ》に応じようと思ってね」

「ふん。俺は本当にお前が憎《にく》かっただけだ」国木田は乱暴に云って、表情を隠《かく》すように顔をそむけた。

太宰が引き寄せた蓋つきの皿を手に取り、蓋を取りながら、店の奥のほうを見て云った。

「はて。そう云えば先刻の女性給仕さん、どこかで見たような――」

太宰が皿の蓋を開く。

同時に、かちりと音がした。

「……………ん……？」

蓋の下に、料理はなかった。

あるのは奇妙《きみよう》に入り組んだ機械と粘土《ねんど》状の固体燃料。そこの信管が刺《さ》さり、細引《コード》が太宰の握《にぎ》った蓋にまで繋《つな》がっている。

蓋の裏に張りついていた紙片《しへん》がひらりと落ちた。『矢張《ヤハ》リ、ワタシダケヲ視《ミ》テ』。

蓋の縁《ふち》には、振動《しんどう》感知式の細引《コード》が張り巡《めぐ》らされている。

「………あー、これは、あれかな………蓋をこれ以上動かしたら、ドカン、っていう奴《やつ》かな……？」笑顔《えがお》のまま凍《こお》り付いた表情で、同僚《どうりよう》のほうに視線を向ける。

が。

「あれ……？　谷崎君？　国木田君？」

いつの間にか、二人はいなくなっていた。事態を察して、脱兎《だつと》の如《ごと》く姿を消したのだ。

残されたのは、ぴくりとも身動きが取れなくなった太宰と、爆弾《ばくだん》皿と、事態に気づき始めた周囲のざわつきのみ。

「……あー………………」

太宰は思考し、上を向き、下を向き、己《おのれ》の立場を考え、次に云うべき言葉を考え、それから力ない声でぼそりと云った。

「……ぎゃふん」


新入社員、中島敦——入社前夜。

探偵社《たんてい》の夜は更《ふ》けていく。

探偵社設立秘話

その頃《ころ》横浜に、おそろしく腕《うで》の立つ用心棒がある、との噂《うわさ》があった。

刀を持たせれば百名の悪漢を斬《き》り伏《ふ》せ、槍《やり》を持たせれば一個軍勢と渡《わた》り合う。居合、俰《やわら》を修め武芸百般《ひゃっぱん》、休日には書物と囲碁《いご》盤《ばん》を供とし教養も高い。仕事ぶりは冷静沈着《ちんちゃく》、狼《おおかみ》のような冷静さで確実に依頼《いらい》人を守り抜《ぬ》く。

欠点を敢《あ》えて挙げるなら、決して誰《だれ》とも組まず、ただ一人で護衛をこなし誰にも心を許さぬここ。

すなわち、一匹狼《いっぴきおおかみ》である。

周囲の人をして「奴が誰かと組むなど絶対に有り得ぬ。ましてや組織に属し、誰かの上司となることなど天地がひっくり返っても有り得ない」と云わしめる孤高《ここう》の無頼《ぶらい》人。

まつろわぬ銀髪《ぎんぱつ》の狼。

男の名は——福沢《ふくざわ》諭吉《ゆきち》。

この短い物語は、ある男の苦闘《くとう》の記録であり、成長の記録であり——

——子育ての記録である。


その日の福沢は、おそろしく不機嫌《ふきげん》な顔をしていた。

大通りを大股《おおまた》で歩く福沢を、休日の人波は潮が引くように避ける。横断歩道を福沢が歩けば青信号でも自動車が止まった。すべて福沢の表情からにじみ出る不機嫌の気配によるものだった。

ただ——実際のところは、不機嫌とは少し違《ちが》った。福沢は自己嫌悪《けんお》に陥《おちい》っていたのだ。

依頼人が暗殺されたのだ。

青天《せいてん》の霹靂《へきれき》だった。

用心棒である福沢の主務は二種類ある。平時から安全指導を行い有事の際には最優先で駆《か》けつける契約《けいやく》警護と、日単位で人物あるいは物品に対する護衛を行う単発《スポット》警護だ。今朝殺されたのは常時契約の顧客《こきゃく》。つい数日前から用心棒として護衛を約束していた、さる企業《きぎょう》の女社長だった。

仕事以外で話したことはなかった。福沢は仕事以上の付き合いを極力避けるように生きてきたから、警護の対象について人間的なところは何も知らず、また興味もなかった。ただ一度、『専属の警護官《ガードマン》にならないか』との勧誘《かんゆう》を受けたことはあった。組織に属し同僚や部下を持つことを嫌《きら》う福沢は、その勧誘を即座《そくざ》に断ったが——。

専属として社長の許《もと》に常駐《じょうちゅう》していれば、あるいは結末はまた変わっていたかもしれない。

聞くところによると、女社長は今朝早く、自社ビルから突《つ》き落とされたのだという。社長室の窓から、殺し屋の手で。既《すで》に証拠《しょうこ》は挙がっており、殺し屋も拘束《こうそく》されているとのことだ。

福沢は当該《とうがい》のビルまで辿《たど》り着いた。港にほど近い、赤茶けた煉瓦造《れんがづくり》の建築物《ビルヂング》だった。坂道を登ったところにある建物で、古いが造りは堅牢《けんろう》そうだ。

ビルへと入る途中《とちゅう》、歩道の脇《わき》、社長室の真下の地面に立ち入り禁止の粘着帯《ねんちやくテープ》が張られているのを見つけた。

その日は強風だった。黄色い粘着帯《ねんちやくテープ》が風にはためいてバタバタと鳴っている。福沢は目を逸《そ》らした。

社長の遺体は既に引き取られ鑑識《かんしき》に回されているが、アスファルトの路面には隠しきれない血痕《けっこん》が残っていた。福沢は感情を殺して落下現場を通り過ぎ、「株式会社S・K商事」と書かれた看板の下を潜《くぐ》った。昇降機《エレベーター》で社長室へ向かう。

「やあご足労頂いて済みません。少々お待ち下さい、すぐに済みますので」

辿り着いた社長室では、秘書が何やら書類の山と格闘《かくとう》していた。

それはおおよそ殺人現場には似つかわしくない眺《なが》めだった。

ぎゅうぎゅうに詰《つ》めれば三十人からの人間が入れそうなほど広い社長室には、人の代わりに所狭《ところせま》しと書面が並べられている。机にも床《ゆか》にもびっしりと、ほぼ隙間《すきま》なく一面が書面で埋《う》められている。見たところどれも重要書類のようだ。

その書類を並べていたのが、先の発言をした秘書だ。黒い長外套《コート》を着て、深い赤のネクタイを締《し》めた、顔色の悪い男だ。書類の平原を睨《にら》み、いくつか取り出して書棚《しょだな》に戻《もど》し、また新たな書類を並べている。

「——何をしている?」福沢は思わず最初にそう訊《たず》ねてしまった。

「書類をね、整理しているんです」顔色の悪い秘書はそう答えた。「ここにある書類は私しか把握《はあく》していませんから」

それが説明なのだとしたら、かなり不親切な説明だ。福沢には何のことやら判らなかった。判らなかったが、まあ、業務に関する何かだろうと福沢は思った。主君たる女社長が殺害されたその日に書類業務というのが不敬なのか勤労なのか福沢には判断しかねたが、兎《と》も角凶事《かくきょうじ》の直後だということを福沢は思い出した。

「お悔《く》やみ申し上げる」福沢は頭を下げた。「惜《お》しい人を亡《な》くした。……ここの窓から突き落とされたと聞いたが」

社長室にある窓からは横浜の街並みが見えた。社長が落とされたという幅広《はばびろ》の窓は、今は閉じられている。

「職業的暗殺者です」秘書は暗い顔をいっそう暗くさせた。「全く会社には痛恨《つうこん》の極《きわ》みです。個人的にも、社長は前職にあった私を引き抜いて下さりここまで育てて頂いた師であり主君のようなものでしたから。凶行《きょうこう》の真相を暴《あば》き、正義を白日のもとにさらすことが何よりの餞《はなむけ》と考えています」

秘書は視線で隣《となり》の部屋のほうを示した。「殺し屋は既に捕《と》らえられています。社長を殺害後、逃亡《とうぼう》時に一階の警備員に取り押さえられました。現在は隣室《りんしつ》に捕縛《ほばく》しております。鑑識《かんしき》に人相を送りましたところ、社長の服の背中から検出された十本の指紋《しもん》は管理記録《データベース》上、犯人のものと同じだったそうで」

「何だと？」福沢は驚《おどろ》いて云《い》った。「まだ隣室に居るのか？」

「諦《あきら》めたらしく、大変大人しいですよ。眠《ねむ》っているのかと勘違《かんちが》いする程《ほど》です」

福沢の驚きには根拠《こんきょ》があった。横浜の殺し屋は他《ほか》の都市のそれとは危険度の桁《けた》が違う。ここ魔都《まと》横浜には、先の大戦終結より連合軍系列の各国軍閥《ぐんばつ》が次々に流入していた。統治を名目に治外法権を振《ふ》りかざし、横浜の土地を蚕食《さんしょく》するかのようにおのおのの自治区を築き上げている。そのため横浜は、戦時中など比較《ひかく》にならないほどの無法地帯になりつつある。治安警察、いわゆる市警こそ何とか機能しているものの、軍警、沿岸警備隊などはほとんど無力化されてしまった。今や横浜は犯罪者の楽園であり、群雄割拠《ぐんゆうかっきょ》する闇《やみ》組織、海外非合法資本、そして犯罪者に殺人者の坩堝《るつぼ》なのである。

おまけに異能者の存在もある。

この横浜で大企業《だいきぎょう》の長を殺す職業殺人者となれば、彼等と日常的に相対する福沢でなくともまず異能者犯罪の可能性を考える。

この世にはわずかながら、超常《ちょうじょう》の力を振るう異能のものが存在する。日常生活を送るうえで異能者と接することはまずありえないし、ほとんどの市民は異能者を噂《うわさ》か都市伝説程度にしか認識《にんしき》していない。だが、用心棒として要人警護にあたる福沢には異能者、そして異能犯罪は馴《な》染《じ》みの存在だ。

そして福沢は武道の達人ではあるが、異能者ではない。

暗殺を旨《むね》とする殺し屋と相対すれば、福沢とて無傷で勝ちおおせるかどうかは勝負の流れ次《し》第《だい》である。

福沢が驚き焦《あせ》ったのは、殺し屋が異能者である可能性を考えたためである。もし異能者であれば、隣室に縄《なわ》で縛《しば》りつけたくらいでは無力化したことにはならない。高性能爆薬《ばくやく》を隣室に置いてあるようなものだ。

「その殺し屋の様子を見たいのだが」

「もちろんどうぞ」

福沢は隣室のドアへと一歩を踏《ふ》み出そうとして、静止した。

「どうぞ、と云うが……」

足の踏み場がない。比喩《ひゆ》としてではなく、ドアに向かうまでの床面《ゆかめん》、その面積の九割五分を、整列して並べられた書類に占拠《せんきょ》されている。ここを歩くのは人間の仕業《しわざ》ではない。瓦礫《がれき》の中を八本足で駆動《くどう》する救助機械か何かの仕事だ。

「どかしても構わんか？」福沢は書類を指差して訊ねるが、

「ああ、触《さわ》らないで！」初めて大声を出した秘書に制止された。「絶対に駄目《だめ》です！　今こうして並べているのは、いずれも社運を左右する超《ちょう》重要書類なのですから！　紛失《ふんしつ》はおろか、印刷墨《インク》に掠《かす》れひとつあっては、後々どんな瑕疵《かし》となって会社に禍《わざわい》をなすか判《わか》りません！　触《ふ》れず、ずらさず、巧《たく》みに避《よ》けて移動して下さい！　福沢さんほどの方ならば出来るでしょう！」

え？　と、思わず素《す》の声が出そうになった。

出来る出来ないの話ではない。福沢は武道の達人であって曲芸師ではない。どう見ても、露《ろ》出《しゅつ》した床の幅《はば》が福沢の足裏の幅より狭《せま》いのだ。

「一応訊《き》くが……何故《なぜ》書類を部屋一面に並べている？」

「当然の疑問です。お答えしましょう。殺し屋の目的がこれら重要書類の盗掠《とうりゃく》、もしくは破壊《はかい》ではないかと、私は踏んでいるのです。かの凶賊《きょうぞく》は我がS・K商事を没落《ぼつらく》させるべく潜入《せんにゅう》し、目撃《もくげき》した社長を口封《くちふう》じとして亡き者にした——それが私の推理です。ですからこうしてチェックを」

成る程。確かに殺し屋が社長を始末する場所として、社長室というのは都合のよい場所ではない。警備もあり不審者《ふしんしゃ》がうろつくには目立ちすぎる。しかし目的が社長の命ではなく社長室の書類にあったとすれば、そこにはひとつ道理が通る。秘書が動機の主軸《しゅじく》たる書類に素早《すばや》く目を通したがるのも判らなくもない。

「では一時的に、通り道の書類だけ棚《たな》に戻せば」

「それも駄目です」秘書は首を振った。「この部屋の書類はすべて規則性を持って並べられています。この並べ方そのものが、犯人の狙《ねら》いを看破するための重要な方法論《メソドロジイ》なのです。日付別、部署別、重要度別……この部屋全体が一個の目録なのです。社長に引き抜《ぬ》かれる前、前職で私はこの技術を学びました。これは私の他には、社内の誰《だれ》にも真似《まね》できません。戻し方にも規則性があり、一度崩《くず》せばそのぶん社長殺害の真相から遠ざかってしまいます」

判るような、判らないような説明だ。

しかし秘書の表情は真剣《しんけん》そのものである。理屈《りくつ》がどうこうと云うより、無断で書類をどかした場合の騒動《そうどう》のほうが福沢には気が重い。どだい自分は会社運営の素人《しろうと》である。組織の長となり書類や人事や契約事《けいやくごと》に心を砕《くだ》くなど全く想像もつかない。専門家がそう云うのであればそうなのだろう。

そもそも、福沢には異議を唱えるつもりはこれっぽっちも持ち合わせていなかった。元々過失があったのは己《おのれ》のほう。用心棒たる福沢が危機を事前に察知し女社長を警護していれば、このような惨事《さんじ》にはならなかった。そうであればこの秘書も必死の形相で書類を並べ確認作業に追われることもなかったのだ。秘書は自分の職務を全《まっと》うしている。であれば自分も、己の職務をただ黙《もく》して行うしかあるまい。

福沢は目測で確認した。ドアまではおおよそ五歩。鍛《きた》えられた脚力《きゃくりょく》をもってすれば二歩で辿《たど》り着けなくはないだろうが、それでは途中《とちゅう》の一歩とドア前に着地する一歩の合計二度、社運を左右すると云われる重要書類を確実に思いきり踏んづける。途中の一歩のやつはたぶん裂《さ》けるだろう。用心棒として恥《はじ》の上塗《うわぬ》りである。

福沢はいったん社長室の入口前まで後退し、力を溜《た》めた。助走をつけて踏み切る。

一歩目は壁際《かべぎわ》に設《しつら》えられていた本棚《ほんだな》の装飾《そうしょく》に着地。わずかな凸面《とつめん》をとらえ、着地の反作用を利用して再度跳躍《ちょうやく》。

ドアとは少し離《はな》れた位置の客用椅子《いす》に両手をついて着地し、ぴたりと停止。跳躍から体幹をわずかも震《ふる》わせずに腕《うで》のみで静止する平衡感覚《へいこうかんかく》は、古武道を修める者においても稀《まれ》である。

そこから椅子の脚《あし》近くにあった書類と書類の隙間《すきま》にそっと爪先《つまさき》を置き、片手片足を支えにドアまで躰《からだ》を伸《の》ばす。

俰《やわら》の技《わざ》、相手の奥襟《おくえり》を摑《つか》むかのような流れる手つきでドアノブを摑み、指先の力のみで捻《ひね》る。

ドアがわずかに開いたのを確認し、今度はドアノブを支えに椅子から跳《と》んだ。自分の躰をわずかな隙間に忍《しの》び込ませるように、隣室の床《ゆか》へ両足をつく。背中側に倒《たお》れそうになるのを、指でドア枠《わく》を摑んで制動する。

そして福沢は、書類をそよりとも動かすことなく、隣の部屋へと立ち至った。

「おおー」秘書が背後で声をあげる。

おおー、ではない。福沢は内心思った。椅子に着地するところでは少し背筋が冷えた。こんな下らないことで失敗し評判を落としたとなっては、他人の評を気にしない福沢であってもさすがに少し悔《くや》しい。

兎《と》も角《かく》、隣室に至ることはできた。福沢はドアを開け放ち、殺し屋の姿を見た。

殺し屋は座っていた。

思ったよりも小柄《こがら》だ。肩幅《かたはば》も小さい。後ろ手にされた両手と両足を椅子に縛りつけられている。顔は見えない。黒い厚手の布袋《ぬのぶくろ》を、頭からすっぽり被《かぶ》せられているためだ。

確かにこの恰好《かっこう》では、抵抗《ていこう》しようとも脱出《だっしゅつ》はおろか自分の鼻を掻《か》くことさえ不可能だ。手足を縛るのは鉄線を含《ふく》んだ縒《よ》り紐《ひも》である。どんな怪力《かいりき》の猛者《もさ》でも引きちぎることなどできそうもない。ましてやこのように小柄な暗殺者では。

服はごく一般《いっぱん》的な紺色《こんいろ》のシャツに作業ズボンと革靴《かわぐつ》。戦闘《せんとう》に使い込まれた様子もない。ただの強盗《ごうとう》くずれ——建物に忍び込むだけが得意な、十把《じっぱ》一絡《ひとから》げの犯罪者としか見えない。

普通《ふつう》の警備員であればそう思うだろう。

が——福沢は異なる印象を抱《いだ》いた。

その部屋は応接室だった。簡単な書棚《しょだな》、交渉《こうしょう》用の机、絵画のほかは何もない。福沢はわざと足音を立てるようにして室内を歩いた。

室内に入った時、殺し屋の首がほんのわずかに反応して微動《びどう》した。つまり眠《ねむ》っている訳ではない。

福沢は殺し屋の背後側の壁《かべ》に回り、いきなり壁に掌《てのひら》を叩《たた》き付けた。ばんっ、という遠慮《えんりょ》のない破裂《はれつ》音が響《ひび》く。

殺し屋は全く反応しなかった。身構えも振《ふ》り返りもしない、平静そのものだ。頭の布袋のせいで、こちらは見えていないはずだ。

手練《てだれ》だ。

福沢はそう直感した。

用心棒という職業柄《しょくぎょうがら》、商売敵《しょうばいがたき》である殺し屋の情報は人並み以上に仕入れている。守る側の福沢と違《ちが》って殺す側の手筋は変幻自在《へんげんじざい》、こちらが予想すらしなかった得物に技術で襲《おそ》ってくる。そのためある程度名の知れた警戒《けいかい》すべき殺し屋の手口に関しては常に噂《うわさ》を仕入れ、急襲《きゅうしゅう》に即《そく》対応できるよう平時から情報収集を怠《おこた》らない。

福沢は殺し屋を観察する。今見えている情報だけでは相手の名、その技倆《ぎりょう》までは推測できない。明らかに異能者と思える特異な外見的特徴《とくちょう》は見られないが——。

福沢は視線を部屋の隅《すみ》の小物机にやった。そこには殺し屋の持ち物であろう道具一式が置かれていた。

二挺《ちょう》の拳銃《けんじゅう》と拳銃嚢《ホルスター》は使い込まれて古いが、手入れが行き届いている。他《ほか》には小銭《こぜに》と鍵《かぎ》開け用の針金。それだけだ。

福沢はもう一度小柄な殺し屋を振り返った。相変わらず身じろぎひとつしない。通常であれば、ただ座るだけの人間は何かしら微動するものだ。この男にはそれすらない。目隠《めかく》しされ縛《しば》られているのに、あまりにも落ち着いている。

福沢は机の上に置いてあった、備え付けの万年筆を手に取った。キャップを取って、机にあったメモに軽く線を描《えが》いてみる。インクは切れていなかった。

福沢はその万年筆を腰《こし》の左側面に軽く当てた。右手指で万年筆を握《にぎ》り、腰脇《こしわき》に当てた左手でキャップを握る。

左足を肩幅に開き、一重身《ひとえのみ》の姿勢。両腕を胸腹部の脇につけ肩《かた》を半身に構える。そして静止。

先程《さきほど》まで何の反応もなかった殺し屋の肩が強張《こわば》るのが判った。福沢は一度呼吸を整えてから、進めた右足を強く踏んで、殺気と共に万年筆を抜き放った。

一歩一拍子《びょうし》。

殺し屋は、椅子に縛られたまま自ら横向きに跳んだ。福沢の斬撃《ざんげき》から逃《のが》れるように。椅子ごと躰が床にまともに叩き付けられ、派手な音が響く。

福沢はそれを見下ろした後、爪先で弧《こ》を描くように右足を戻《もど》し、鞘戻《さやもど》しの姿勢で抜刀《ばっとう》した万年筆を腰に戻した。

「案ずるな。ただの筆記具だ」

万年筆のキャップを戻し、机の上に置き直す。

殺し屋は床の上で蠢《うごめ》いている。

これではっきりした。この暗殺者はやはり外界が見えていない。もし布袋の外が見えているなら、万年筆を使った福沢の居合を、床に転がってまで避《よ》けはしない。

だが先程壁を間近で叩いた時は、毛ほどの緊張《きんちょう》も見せなかった。先と今の違いは何か。

この殺し屋は――福沢の殺気を読んだのだ。

万年筆の居合抜《いあいぬ》きに福沢は敢《あ》えて殺気を乗せた。それを肌《はだ》で感じ、斬撃を回避《かいひ》すべく殺し屋は身を投げたのだ。

とすれば、やはり並の殺し屋ではない。無数の修羅場《しゅらば》を潜《くぐ》っていなければ、今の反応はできない。異能と陰謀《いんぼう》が蠢くこの大戦後の横浜の地でも一握《ひとにぎ》りの人間しか雇《やと》えない、凄腕《すごうで》の職業殺人者なのだろう。殺しの依頼《いらい》をしくじることは決してなく、呼吸するように標的を殺す。一件の依頼金だけで目が飛び出るような額が必要なはずだ。

だが、だとすると疑問も残る。

見敵必殺のその暗殺者が、女社長を窓から素手《すで》で突《つ》き落とし、逃走《とうそう》中に警備員に取り押さえられる――果たしてそんなことが有り得るだろうか?

「どうしました……何か問題でも?」隣《となり》の社長室から秘書の声がする。

「いや、何もない」福沢は答えた。「それで……俺を呼び出した依頼とは、この男を」

「引き渡《わた》しにご同行頂きたいのです」秘書の声が返ってきた。「その男、ご覧のように一言も口を利《き》きませんで、そうして黙秘《もくひ》を続けているのです。警察署まで連行したいのですが、市警も人手が足りないらしく二人ほどしか護送の人員を寄越《よこ》せない、と……どう思われます？　警官二人で、その男の護送が可能だと思われますか？」

「無理だろうな」福沢は即答《そくとう》した。

秘書の判断は妥当《だとう》だろう。この殺し屋、縛りつけている今でこそ安全だが、移送のため縛《いまし》めを解いたが最後、制服警官の一人や二人であればひと呼吸の間に殺してしまうだろう。福沢を呼んだのは賢明《けんめい》だ。

福沢としても、女社長をみすみす死なせた後ろ暗さがある。仇討《かたきう》ちには程遠いが、犯人を司直の手に委《ゆだ》ねる業務を完遂《かんすい》すれば多少の義理返しにはなるだろう。

「この男は脱出の機をうかがっている。何か行動を起こされる前に、移送するのが妥当だろう」福沢は云《い》った。「こいつを部屋から出すが、いいか」

「もちろん構いません」秘書は微笑した。「ただ、書類は踏《ふ》まないようお願いしますね」

「…………」

「…………」

無理だろう、それは。

福沢が表情を変えないまま、内心ではどう秘書を説得し出口を準備して貰《もら》うか懊悩《おうのう》を繰《く》り返していた――ちょうどその時。

「たのもう！」

鶏《にわとり》が鳴くような元気な声がした。

振り返ると、社長室の入口に少年が立っていた。

年齢《ねんれい》は十四、五ほどだろうか。田舎《いなか》じみた防寒外套《がいとう》に学生帽《がくせいぼう》。鏡を見ずに切ったのではないかと思われる不揃《ふぞろ》いの短髪《たんぱつ》に、年代物の書類封筒《ぶうとう》を提《さ》げている。睫《まつげ》の長い切れ長の吊《つ》り目が印象的な少年だ。

「いや今日は莫迦《ばか》みたいに風が強いねえ！　この様子じゃあ二丁目の桶屋《おけや》は大儲《おおもう》けだよ！　それはいいけどこの会社の立地ほんとどうにかならないかなあ、海が近くて潮くさいし坂道はメンドくさいし道は憶《おぼ》えにくいし、ホントここの社長はどうかしてるよね！　これだから横浜なんて住むところじゃないよ、あでも途中《とちゆう》で逢《あ》ったカモメは気持ち悪くてよかったね、思わず弁当の握り飯をひとつあげちゃったよ、あんまりに気持ち悪かったから」

それだけの台詞《せりふ》をひといきに発したのである。

笑顔《えがお》で。

社長室の前で。

「——は?」秘書は間の抜《ぬ》けた声をあげた。他に云いようがなかったのだろう。

『は?』じゃなくて、カモメだよカモメ。知らない? あの羽のある怪物《かいぶつ》。カモメって前世でよっぽど非道《ひど》いことしたんだろうね、だってあいつの目よーく見たら結構狂気《きょうき》を宿してるもんね! ところで話は変わるけど握り飯いっこぶんお腹減《なか》ったんだけど何かない?」

「はい? いやその……はい?」

秘書は二度疑問符《ぎもんふ》を発した。さもありなん、である。

学生帽の少年はにこにこと喋《しゃべ》っていたが、不意に室内に目をやって口を閉じた。それから吊り目で周囲を一通り見回した後、目をさらに細めて、

「ふうん。……大変そうだね」と云った。

福沢はそのあたりで我に返った。この少年は何者だ? 何となく——厄介事《やっかいごと》の気配がするが。

「まあ僕には関係ないや。兎《と》に角《かく》例の紙くれない? ああこの中? 探すの? 面倒《めんどう》くさいなあ。だったら秘書さんの暇潰《ひまつぶ》しのついでに見つけてよ。僕は別にこの部屋の指紋《しもん》なんて毛ほども興味ないからさ」

次々に目まぐるしく、しかもところどころ意味の判《わか》らないことを云う。暇潰し? 指紋? かと思うと、いきなり少年は歩き出した。室内のど真ん中に向かって。書類の海原《うなばら》に向かって。

少年の踵《かかと》が一番手前の書類——複数の会社印が押印してある、何かの企業間《きぎょうかん》契約書《けいやくしょ》——をまさに踏みつけんとする、その直前、

「うわあーっ！　待って待って待ちなさい！　その契約を締結《ていけつ》するのに何年掛《か》かったか知っているのですか君は！」秘書が少年の肩を摑《つか》んでぎりぎりで制止した。

少年はきょとんとした顔で秘書を見た。それから少し考えて、

「知らない」と云ってまた足を踏み出した。

「うわァーっ！　止《や》めなさい！」秘書が悲鳴をあげながら書類をかすめ取った。一瞬《いっしゅん》前まで書類のあった場所に少年の足の裏が落ちる。

「やればできるじゃない」にっこりする少年。

「君は……何なのですか！　凶事《きょうじ》の後であろうとなかろうとここは社長室、関係者以外の立ち入りは禁止です！」

「それは知ってる」少年は何でもないことのように頷《うなず》いた。「でも僕、関係者だから。今日面接だって聞いてきたから。僕見たら判るでしょそのくらい」

——面接？

「は……はぁ、君は面接希望者ですか。確かに少し前、社長が事務員見習いの面接を行うと云っていた気がしますが……」

事務員見習い。この破壊的《はかい》に人の話を聞かない少年が？

見たら判るでしょ、と少年は云ったが、福沢には全くそんな予想はつけられなかった。会社と社長に取り付いていた座敷童《ざしきわらし》か子鬼《こおに》が、社長が死んだからと取り立て要求に来たのかと思った。

そのくらい少年は場にそぐわなかったのだ。

福沢が見ると、少年と秘書はまだ入口近くで押し問答している。助け船のひとつも出してやりたいが、福沢がいるのは入口から離《はな》れた隣室《りんしつ》側のドアである。書類に阻《はば》まれて進めないので黙《だま》って見守るしかない。

「はあー、こんなに散らかしちゃって。いくら部屋を調べられたくないからって……ほんと大人って不可解だよ。世の中は不可解に満ちている！」

「い……意味不明なことを云わないで下さい！」秘書は裏返った声で叫《さけ》んだ。その時福沢はおや、と思った。顔色の悪い秘書の表情に、わずかに狼狽《ろうばい》の色が見て取れたからだ。

「君がここに来た理由は判りました」と秘書は続けた。「しかし今我が社はそんな場合ではありません！　社長が殺し屋の凶手《きょうしゅ》に斃《たお》れたのです。従って面接は中止。私は被疑者《ひぎしゃ》引き渡し時間、いわゆるヨンパチまでにこの書類の欠如《けつじょ》を発見し当局に報告せねばならないのです。さあ、一刻も早くお引き取り下さい。さあ、さあ」

「だからそれは知ってるったら」少年は唇《くちびる》を尖《とが》らせる。「見たら判ることをどうして一々云うかな？　僕が来たのは面接の活動認定書《にんてい》を貰うためだよ。判ってるでしょ？」

「活動認定書——ああ、就職の活動を認定する政府発行の認定書ですか」と秘書は云った。

おそらく少年は政府の就労活動支援《しえん》を受けているのだろう。大戦後の今、失業者と未成年犯罪がこの大都市でも喫緊《きつきん》の課題となっている。就労の意図がある未成年に限り、その活動を支援する政府の失業者対策が存在するのだ。少年はそれを受けているのだろう。つまり少年は金銭面情報面での支援を受ける代わり、就労面接を確かに行ったという書面を社長から発行して貰って政府に提出しなければならないのだ。

「この中にたぶんあるんじゃないかなと思うんだけど……」少年は室内を見回した。「面倒だなあ。ねえ秘書さん、この無意味な書類、ぺっぺと退《ど》けちゃっていい？」

「駄目《だめ》です」秘書は断言した。「この並べ方そのものが、犯人の狙《ねら》いを看破するための重要な方法論《メソドロジイ》なのです。これは私の他《ほか》には社内の誰《だれ》にも……」

「へえ～」

少年は聞いていなかった。いかにも得心顔で頷きながら、足下《あしもと》の書類をさっさと摘《つ》まみ上げはじめた。途中からそれも面倒になり、指で適当に書類を散らして道を作っていく。

「あああ！」秘書が悲痛な叫び声をあげた。「や、やめなさい君！　それ以上、それ以上一枚だって触《ふ》れることまかりなりません！　そこまで並べるのに五時間掛かったのですよ！」

「いやだって、僕も僕の書類を探したいし」

「ならば黙って階下で待っていなさい！　後でちゃんと探してあげますから」

「またそうやって見え透《す》いた嘘《うそ》をつく」少年は何故《なぜ》かそう断言した。「いいよ、自分で見つけるから。どうせ一瞬だもの」

一瞬？　部屋には百枚近い書面が整然と並べられている。とても一度に全部は確認できない。この中から目当ての一枚を、どうやって一瞬で発見するというのだろうか。

「ここが社長さんが落とされた窓だよね」

いつの間にか少年は窓際《まどぎわ》に立っていた。幅広《はばびろ》の窓を子細に眺《なが》めている。

秘書は慌《あわ》てて書類を並べ直していた。少年が無茶《むちゃ》をしたせいで、部屋にある書類の一割ほどが無残に散乱している。直すのは骨が折れそうだ。

「少年」福沢は思わず訊《たず》ねた。「この山の中から、どうやって一枚きりの書面を見つける？」

「なんだおじさん、喋れるんだ」少年が無遠慮《ぶえんりょ》に眉《まゆ》を上げた。「ずっとそこで黙ってるから、石のように無口な人かと……あのねえ、僕の探してる書類は印紙つきの政府証明書類で、材質が違《ちが》うから普通《ふつう》の書類より厚みがあるんだよ」

おじさん……。

俺はまだ三十二だ、と反論しようとした福沢は、しかし台詞の最後が気になって眉をひそめた。厚みがある？　だから外見から判断をつけやすいと云《い》うのか。だがその程度の特徴《とくちょう》では足りないのではないか？　多少厚みが違ったところで、この敷《し》き詰《つ》められた書類から外見の多少異なる一枚を見つけるとなると、必要な労力と根気にさほど違いはないように思うが——。

そこで福沢は気がついた。少年が窓に手を掛けている。社長が突《つ》き落とされたという、幅広の横開き窓に。

窓の外は青空。

確か今日は、風が強かったはずでは——。

「そーれ、お祭りだ！」楽しそうな声で少年は、

窓を全開にした。

書類が、いっせいに、生命を得たように飛び立った。

「うおあああああああ!?」

室内を白い鳥が羽ばたく。冷たく新鮮《しんせん》な空気が渦《うず》を作る。その景色はいっそ幻想《げんそう》的だ。……秘書以外にとっては。

「なななななにをするのです！」

「お、あったあった」

少年は机上《きじょう》にあった書類のひとつを手に取った。窓からの旋風《せんぷう》にもほとんど靡《なび》いていなかった一枚の書面だ。他の書類に較《くら》べ厚みがあるため、重さから動きが鈍《にぶ》かったのだ。そのために窓を開けたのか。福沢は場違《ばちが》いにも感心してしまった。

「何が『あったあった』ですか！　ああああ！　また調べなおし……！」半狂乱《はんきょうらん》になって頭を掻《か》く秘書。

しかし少年は全く意に介《かい》さず、けろっと笑って云った。

「いいじゃん。どうせ書類なんてなくなってないんだし」

空気が一瞬、固まったように感じた。

「──は？」

秘書が振《ふ》り返る。少年は続けて云う。

「だって書類なんて盗《ぬす》まれてないし、そもそも殺し屋は社長さんを殺してないし、ていうか殺したのはあなたでしょう、秘書さん」

「……はぁ？」

秘書は大口を開けて首を傾《かし》げた。

「……はぁ？」

秘書は大口を開けて首を傾げた。

「……はぁ？」

秘書は大口を開けて首を傾げた。顔がほぼ真横である。

「なんで三回も云ったの？　全く大人のことは僕にはよく判《わか》らないね、どう見ても犯人の秘書さんと、どう見ても濡《ぬ》れ衣《ぎぬ》の殺し屋さんが揃《そろ》ってるのに、そこのおじさんは何も行動を起こさない。職務怠慢《たいまん》だよ。母上がここにいたら今頃《いまごろ》犯人をふん縛《じば》って窓から投げ棄《す》ててるよ！」

福沢は目まぐるしく変化する状況《じょうきょう》についていけず、表情すら変える余裕《よゆう》がない。

女社長を殺したのは殺し屋ではない？

この目の前にいる秘書が真犯人？

「莫迦《ばか》な――」

からうじてそれだけ云った。だが続きの言葉を繋《つな》げることはできなかった。何かが引っ掛《か》かっていたからだ。胸の奥底で。

殺し屋の得物は拳銃《けんじゅう》。目の見えぬ状況で殺気を読む凄腕《すごうで》。

その殺し屋が――社長室で女社長を素手《すで》で突き落とし、服に指紋《しもん》を残す？　そして逃《に》げ遅《おく》れて捕《つか》まる？

「でしょ、おじさん？」少年が福沢の心を読んだようなタイミングで得意げに笑った。

「な、何を怖《こわ》い顔をしているのですか福沢さん。折角《せっかく》ですから、この小僧《こぞう》をつまみ出して下さいよ！　何なら追加契約《けいやく》として報酬《ほうしゅう》の上乗せも致《いた》します、これ以上部屋を荒《あ》らされては社運が」

「……少年。犯人はその殺し屋ではない、という主張は判らぬでもない」福沢は既《すで》に平静を取り戻《もど》していた。さざ波ひとつ立てない明鏡のような表情で云う。「だが被害《ひがい》者《しゃ》の服には殺し屋の指紋が残っていたのだ。十本揃った、突き落とした恰好《かっこう》の指紋がな。それはどう説明する？　説得力を欠いたまま秘書殿《どの》を真犯人呼ばわりとは、いくら子供でも見過ごせんぞ。根拠《こんきょ》は何だ？」

「またまたあ。何？　試験《テスト》？　そうやって皆《みな》が判っていることを一々云わせて、後で採点するんでしょう？　全く都会は判らないなあ――」

「根拠を聞かせてくれ」

やや肚《はら》に力を込めて、福沢は云った。福沢からすれば少しだけ真摯《しんし》に気持ちを込めて云った、という程度の意識だった。

しかし部屋の空気は瞬時《しゅんじ》に張り詰めた。気温が数度下がったようにすら感じられた。福沢がこの声で発言すると、そこらの破落戸《ごろつき》であれば大抵《たいてい》は泣いて逃げ出す。

「あー……うん、判った」少年は神妙《しんみょう》な顔になり、窓を閉めながら云った。「まずそこの秘書さんは、窓の下を見ろ、なんて云って社長をさりげなく窓の前まで誘導《ゆうどう》した。で油断した社長の背中にどしん。窓から落とした」

「何を……」

「ここは関係者以外立ち入り禁止なんでしょ？」気色ばむ秘書を無視して、少年は続けた。

「いくら凄腕の殺し屋でも、社長に気づかれずに窓の前まで行くのは無理だよ。だって机から入口見えるもの。それにもし抵抗《ていこう》する社長を無理矢理《むりやり》――っていうんなら、服には突き落とした指紋じゃなくて投げ落とした指紋が残ってないとおかしいよね。でも服に十本の指紋がついてたんでしょ？　部屋の前で待ってる時に聞こえたよ。てことは社長は落ちる瞬間《しゅんかん》まで警戒《けいかい》してなかった。つまり――」

「身内の犯行、か」福沢が言葉を継《つ》いだ。

何だ――この少年は。

善《よ》く見ている。善く聞いている。傍若無人《ぼうじゃくぶじん》なあの振る舞《ま》いの口で、必要な情報はすべて頭に入っている。

だが、それだけでは。

「それだけでは説得力に欠ける」福沢は云った。「偶々《たまたま》社長が窓の前にいたところを、ひっそり忍《しの》び寄って押したのかもしれん」

「こんな風の強い日に、一人で窓を開けて？」少年が眉をひそめる。

……確かに。

「だが身内の犯行、だけでは不十分だぞ」福沢は云った。「大人の世界には礼儀《れいぎ》がある。目の前にいる初対面の人物を犯人扱《あつか》いして間違《まちが》っていましたでは、冗談《じょうだん》でもただでは済まぬぞ」

「判った判った、判ってるって！」少年は頬《ほお》をふくらませた。「んもう、礼儀なんてどうでもいいじゃない、本当のことを云《い》ってるんだから。話を続けるけど――身内の犯行なのに殺し屋さんの指紋が出たってことは、そりゃ偽装《ぎそう》ってことだよ。父上から聞いたんだけど、指紋の偽装は割に簡単に出来るらしいよ。秘書さん、元検察官か何かでしょ？　さっき云ってたヨンパチっていうのはその世界の隠語《いんご》だもの」

そう云えば――秘書は前職について何度か発言していた。

前職にあった彼を、社長が引き抜《ぬ》いた、とも。

「だったら知ってるよねえ、指紋を偽装するには、殺し屋さんの指をパテか何かで型取りして、それからプラスチックの――」

「ば、莫迦らしい！」秘書が唾《つば》を飛ばして怒鳴《どな》った。「仮に私に指紋《しもん》偽装の知識があったとしても、殺し屋の指に丁寧《ていねい》にパテ付けなどしていたら殺されてしまうではないか！　福沢さん、いいからこの餓鬼《ガキ》を」

福沢は答えない。ただ静かに立って、相対する人物を見詰《みつ》めている。

少年は視線を受けてにやっと笑った。

「おじさんは少しは物判りがいいらしいね。さて殺し屋さんから指紋を採れた理由は簡単。秘書さんが殺し屋の雇《やと》い主だからさ」

——依頼人《いらい》？

殺し屋を雇ったのは、企業《きぎょう》の転覆《てんぷく》を狙《ねら》う第三者ではないのか？

では何故《なぜ》殺し屋はこんなところにいる？

「殺し屋さんは誰《だれ》の云うことも聞かない。雇い主の命令以外はね。逆に雇い主なら、パテを塗《ぬ》るまではいかずとも指紋採取用の軟具《なんぐ》を持たせたり、指定の時間に建物に来させたりするくらいはできる」

「待て。この殺し屋は十把《じっぱ》一絡《ひとから》げの破落戸《ごろつき》あがりとは違《ちが》う。報酬も桁違《けたちが》いだ。一般《いっぱん》の勤め人が払《はら》えるような額ではは動かんぞ」

「だから払わなくていいんだってば」少年は焦《じ》れたように云った。「打合せとか報酬の相談とか理由をつけて、ここに呼ぶだけでいいんだもの。そこで指紋を採る。あとは適当な理由をつけて、別の日にこの部屋に呼び出せばいい。罠《わな》に気づいた殺し屋さんが逃げるところを、警備員に捕まえさせる。ほら安上がり。ていうか無料だよ。駅前の弁当を買うより安い。——あ、そんなこと云ったらお腹《なか》減ってきた。弁当買ってきていい？」

「後で飯を奢《おご》ってやるから最後まで話せ」福沢は辛抱強《しんぼうづよ》く云った。

「ちぇ、はぁーい。……凄腕の殺し屋さんを使ったのは、口が堅《かた》いからじゃないかな。現にこうして殺し屋さんは誰の依頼か全然話そうとしない訳だし。たぶん自分が嵌《は》められたって気づいてないいんだと思うよ」

確かに、腕《うで》が立ち高報酬の殺し屋であればあるほど、雇い主が誰かを吐《は》かせるのは難しい。だからこその高報酬なのだ。福沢もこれまで何度か依頼人を守るため殺し屋と刃《やいば》を交えたが、腕の立つ連中ほど黒幕について吐かなかった。捕まった直後隠《かく》し薬を呷《あお》って自害する者までいた。

その口の堅さを——逆に利用した？

「ま、いくら何でも騙《だま》されたと知ったら喋《しゃべ》るだろうから、訊《き》いてみたら？」

福沢は思わず背後を振《ふ》り返った。閉じられたドアの向こう、隣室《りんしつ》に殺し屋がいる。まだ椅子《いす》に縛《しば》られ、床《ゆか》に転がっているはずだ。

「い——云い掛《が》かりだ！」秘書は叫《さけ》んだ。「殺人鬼《さつじんき》の自白に証拠《しょうこ》能力などない！　すべて仮定、想定、空想に妄想《もうそう》の類《たぐい》ではないか！　第一証拠がない、犯人だと云うなら証拠をこの場に提出しなさい！」

「ははあ、ついに云ったね」少年が意地の悪い笑《え》みを浮《う》かべた。「殺人事件で『証拠を見せてみろ』って主張する人はね、だいたい犯人なの。……そうだねえ、証拠って云うなら、この書類の山かな？　秘書さんが書類を並べて誰も部屋に入れないようにしてたのは、部屋を調べ回られると困るから。殺した後も偽装の仕事が残ってるからね。だって社長の服に指紋がついてたのに、他《ほか》に部屋のどこにも指紋がなかったら不自然だもの。その時間稼《かせ》ぎ」

「それが証拠という訳か？」福沢は顎《あご》に指を当てて考える。

「嘘《うそ》だ！　ただ書類を並べていただけで犯人にされてたまるものか！　私は本当に書類を整理していた！　そうでない証拠を提出できると云うのか君は！」

「うん」少年は当たり前のように頷《うなず》いた。「僕が最初に部屋に入った時、秘書さんが見てない隙《すき》にこっそり書類のひとつを僕の持ってきた『ぎょう虫検査の案内』って書類と取り替《か》えてたんだけど、気づかなかったもの。あれだけ『ここの書類の並びは把握《はあく》している！』みたいな事云ってたのに」

「な——」

秘書は絶句した。言葉が喉《のど》の奥でからまっている。

福沢の視線が鋭《するど》くなった。

「どうなのだ」

「それは……」

福沢が静かに距離《きょり》を縮める。怒気《どき》が渦巻《うずま》いている。

「ご、誤解です！　そ、そのような子供の悪戯《いたずら》に一々構っていては仕方ないではないですか！後で注意しようと思い放置していたのです、だから決して——」

「ほらね？」少年は首をすくめた。「僕取り替えなんて、、、、、してな、いよ」

秘書の呼吸が途絶《とぜつ》した。

ただでさえ悪い顔色が青を通り越《こ》して白くなっている。

「どういうことだ」福沢は一歩前に出た。

「い——いえ、これは」

「俺は殺された社長とそれほど付き合いがあった訳ではないが——君を大層信頼《しんらい》していた。優秀《しゅう》な秘書だ、引き抜いた甲斐《かい》があった、と。何故やった」

「ち、違う……違うのです、あの人は」気圧《けお》された秘書は一歩退いた。「あの人にとって、私はただの優秀な秘書だった。ただそれだけ、でも私は……それだけでは」

その刹那《せつな》、福沢の背後でごとん、と音がした。

隣室からだ。

福沢がはっとして振り返った。叩《たた》き付けるようにドアを押し開ける。

隣室は、がらんとしていた。

床に椅子が転がっている。縄《なわ》が括《くく》りつけられていた脚《あし》の部分が捥《も》げている。

転がっているのは椅子だけ。殺し屋がいない。

「伏《ふ》せろっ！」

叫ぶと同時に、福沢はさらに一歩を踏《ふ》み込んだ。腰《こし》を沈《しず》め、摺《す》り足で円を描《えが》くように躰《からだ》を回転させ、開いたドアに体当たりした。

手応《てごた》えあり。ドアの裏側に隠れていた殺し屋がくぐもった呻《うめ》き声をあげる。福沢はドアを引き、殺し屋のほうに手を伸《の》ばした。

伸ばした手の先に、殺し屋はいなかった。床の上にも。ほとんど天井《てんじょう》に接触《せっしょく》するような上方にいる。跳躍《ちょうやく》して福沢の追撃《ついげき》を躱《かわ》したのだ。

殺し屋は壁《かべ》を蹴《け》ってドアから離《はな》れた。さらに床を蹴って距離を取る。

殺し屋は野獣《やじゅう》のように低い姿勢で構えていた。頭には布袋《ぬのぶくろ》が被《かぶ》せられたまま、両手は背中側で縛られたままだ。自由になっているのは両足だけ。

外界も見えず、手も使えない状態で、福沢の先手攻撃《こうげき》を凌《しの》いだのだ。福沢は無意識に奥歯を嚙《か》み締《し》めた。

「あんたと戦う気はない」

布袋の中から、殺し屋の声が聞こえた。袋ごしでくぐもってはいるが、声は男にしては高く、女にしては低い。善《よ》く通る声だ。

——少年か。

福沢は答えず、ほとんど前動作なく床を蹴って距離を詰《つ》めた。縮地——独特の体重移動をもって瞬時《しゅんじ》に敵に接近する足捌《あしさば》きの技術だ。傍《はた》から見ているものがあれば、福沢が姿を消し瞬間《しゅんかん》的に前進したようにしか見えなかっただろう。

一瞬《いっしゅん》で数米《メートル》の距離を無とし奥襟《おくえり》を掴《つか》んだ福沢に対し、殺し屋はしかし、抵抗《ていこう》らしい抵抗をしなかった。逆に力に逆らわず後方に跳《と》び、福沢と一体になって壁際《かべぎわ》まで後退した。

壁際には、机がある。机には万年筆、メモ用紙、それに——殺し屋の得物の拳銃《けんじゅう》があった。

殺し屋は後方に押し飛ばされながら後ろ手に拳銃を掴んだ。

最初からそれが狙いだったのだ。

だが背中側に縛られた手で銃撃《じゅうげき》は不可能。そう判断した福沢は奥襟を掴んだまま、壁に叩き付けることを選んだ。机が吹《ふ》き飛び、筆記具が散乱する。

福沢は壁に殺し屋を叩き付け、そのまま肘《ひじ》で相手の胸を押さえつけてピン留めのように壁に固定した。銃を握《にぎ》った殺し屋の手が背中と壁に挟《はさ》まれて軋《きし》む。この体勢ではどんな銃撃も放てない。

「銃を放せ」福沢は云《い》った。「貴様は俺の商売敵《しょうばいがたき》だが、今のところ不法侵入《しんにゅう》以上の罪状はない。

今ならば軽い罪状で赦《ゆる》される」

「赦しなど要《い》らない」肺を押さえつけられているため、殺し屋の声は囁《ささや》きに近かった。「この世界に赦しはない。あるのは報復だけ。裏切りへの報復だ」

そう云うと、殺し屋は床から足を離した。

さしもの福沢も、腕一本だけで殺し屋の体重は支えきれない。壁と背中をこするようにして落下する殺し屋は、途中《とちゆう》で腰を捻《ひね》って躰を半回転させ、背中の銃を撃《う》った。

二発の銃声《じゆうせい》が轟《とどろ》く。

「かっ……」

福沢は振り返った。隣室にいた秘書の胸部に二つ、赤い弾痕《だんこん》が刻まれている。傷跡《きずあと》からはみるみる血がにじんで、胸を赤く染めていく。

殺し屋が秘書を撃ったのだ。

両手を背中で縛られた状態で。

秘書は苦悶《くもん》に満ちた表情で福沢を見た後、糸が切れたように倒《たお》れた。

殺し屋の射撃《しやげき》はあまりに正確だった。布袋で目隠《めかく》しをされ、腕を縛られた状態にもかかわらず、狙《ねら》った秘書を正確に撃ち抜《ぬ》いた。そのうえ、目の前で格闘《かくとう》している相手である福沢には目もくれなかった。

――あるのは報復だけ。裏切りへの報復だ。

福沢は殺し屋に向き直って床に力任せに押さえつけた。

銃を蹴って部屋の隅《すみ》に飛ばす。

「貴様っ……！」

福沢は殺し屋の頭に被せられていた布袋を力任せにはぎ取った。

殺し屋は若かった。

赤みがかった短髪《たんぱつ》。鳶色《とびいろ》の瞳《ひとみ》はおそろしく空虚《くうきょ》で、わずかな感情の欠片《かけら》も見いだせない。少年暗殺者は何を云うでもなく、ただ無感情に福沢を見返していた。

福沢は思い出していた。赤髪《あかがみ》の少年暗殺者。二挺拳銃を使い、おそろしく無感情で、対象を冷酷《れいこく》にただ殺す。拳銃の腕前《うでまえ》は超人級《ちょうじん》で、どんな体勢から撃っても絶対に外さない。まるで未来が見えているかのようだった、と噂《うわさ》されているのを聞いたことがあった。福沢のような対象を護衛する職務についている人間からすれば、まさに悪夢のような存在だ。

その少年暗殺者の名は確か――織田《おだ》――。

福沢は襟を摑み腕で相手の首を絞《し》める、いわゆる裸絞《はだかじ》めの体勢で殺し屋の頸動脈《けいどうみゃく》を絞めた。

もしこの少年があの暗殺者だとすれば、意識ある状態で部屋に置いておくのは核弾頭《かくだんとう》の制御《せいぎょ》装置の上で猫《ねこ》を遊ばせるに等しい。

少年は感情のない目で福沢を見返した。

自分の首を絞めている相手にする目とは到底《とうてい》思えない。

やがて抵抗の様子もなく、少年はあっさりと気を失った。

おそらく本当に、秘書を撃つこと以外はどうでもよかったのだろう。力を失い床《ゆか》に横たわる殺し屋を確認《かくにん》し、福沢はようやく息を吐《つ》いた。

「そいつが殺し屋さん？」隣《となり》の部屋から声がして、福沢は振《ふ》り返った。

「救急車を呼べ。それから市警も」

「市警だけでいいんじゃない？　秘書さんもう死んでるし。それよりねえ、僕働き口なくなっちゃったんだけど、おじさん何とかしてくんない？」

福沢は目眩《めまい》がした。

この少年は──この数分たらずの出来事は、一体何なのだ？

「まずは救急車だ！」福沢は立ち上がり、歩き出した。

「ねえ、置いてかないでよ。さっきご飯奢《おご》るって云ったよね。云いましたよね？　それは好きなところで好きなものを注文して好きなだけ食べても善《い》いって意味だよね？　ご飯食べながら僕の置かれた状況《じょうきょう》と解決策についてじっくりとっくり聞いてくれるって意味だよね？　ねえ」

福沢は足下《あしもと》がふらつきそうになるのを何とかこらえた。

「お前——」

ざんぎり髪の少年は、邪気《じゃき》の全くない、輝《かがや》くばかりの笑顔《えがお》で、こう云った。

「僕は江戸川乱歩。憶《おぼ》えといてね！」

福沢には、今目の前に展開されている光景が悪夢としか思えなかった。

江戸川乱歩と名乗った少年が、福沢の金で善哉《ぜんざい》を食べている。何杯《なんばい》も食べている。

そこは殺人騒動《そうどう》のあったビルからほど近い、和設《わしつら》えの喫茶処《きっさどころ》だった。数名いる他《ほか》の客が、ちらちらと福沢たちのほうを見ている。この少年は何故《なぜ》か附《つ》いてきたのであって俺の連れではないぞ、と説明して回りたくなる衝動《しょうどう》を、さっきから何度もこらえている。

乱歩少年はもう善哉を八杯も食べている。今食べているのは九杯目だ。福沢は気が気でない。別に財布《さいふ》の残りが気がかりという訳ではない。その程度の手持ちはある。問題は、

「おい」福沢は我慢《がまん》できずに訊《き》いてしまった。「何故餅《もち》を残す」

乱歩の食った椀《わん》にはすべて、白い餅が手つかずで残っている。食っているのは餡《あん》ばかりだ。

「だって、甘くないんだもの」乱歩はけろりと答えた。

甘くないって——善哉だぞ？　善哉とは、ほぼ餅だぞ？　糖分が摂取《せっしゅ》したいだけなら、羊羹《ようかん》でも饅頭《まんじゅう》でも金団《きんとん》でも食えばいいではないか。お前には残された餅の嘆《なげ》きが聞こえんのか？　そう訴《うった》えたくなるのを、福沢は呑《の》み込む。他人の食事嗜好《しこう》に口を出すほど無意味なことはない。見ているだけで猛烈《もうれつ》に気持ち悪いが、罪を犯《おか》している訳でもない。下手《へた》に口を出して、饅頭のガワを裂《さ》いて中の餡だけ食べはじめられでもしたら脳が裏返りそうだ。

贅沢《ぜいたく》な、と叱《しか》ったら年寄り呼ばわりされるだろうか。

あれから後、駆《か》けつけた市警を相手に事情を説明した。かなり面倒《めんどう》な説明だったうえ、人に話す気のない乱歩がふらふら立ち去りそうになるのをどうにか説得し、社長室であった出来事を説明させた。一歩間違《まちが》えば微妙《びみょう》な立場に立たされかねなかった福沢と乱歩は、しかし事情を話すと間もなく自由の身となった。駆けつけた市警が武道家としての福沢の名を知っていたおかげもあって、福沢たちの話は幸い全面的に信用された。ただ後日また署にて話を伺《うかが》いますが、という条件つきではあったが。

市警が来て現場を確かめたところ、秘書が着ていた外套《がいとう》の内ポケットに、殺し屋の指紋《しもん》を現場に付着させるためのプラスチック鋳型《いがた》が発見された。別班が自宅を捜索《そうさく》すると、サンプルから指紋を複製するための用具一式と、殺し屋の両手の指紋を模《かたど》った型が発見されたそうだ。一連の証拠《しょうこ》が、乱歩の推理を裏付けた形になる。

それで乱歩は、福沢の依頼《いらい》人の無念を晴らした、謂《い》わば恩人——ということになった。借りができたと云い換《か》えてもいい。

何がどうなってこうなったのか、福沢には今ひとつ呑み込めない。

福沢は思う。この少年がしたことは、主観的にはただ場を引っかき回しただけだが、客観的に見れば推理だ。それも現場と関係者をたった一度見ただけで真犯人を看破した、驚《おどろ》くべき名推理ということになる。だが福沢は乱歩の行為《こうい》を量りかねていた。と云うより、何が起こったか理解が追いつかない、と云ったほうが正しい。

果たしてあれは……何だったのか。

「なあ少年」福沢は口を開いた。

「んんむ？」乱歩は口にたっぷり餡を詰《つ》め込んだまま視線を返した。

茶を飲め、と云いたくなるのを再度こらえる。先刻そう云ったら「甘さが勿体《もったい》ない」と断られたからだ。福沢には和菓子《わがし》に茶を合わせないなど全く理解の範疇《はんちゅう》を超《こ》えていたが、他人の嗜好に口出しすることは主義に反する福沢は「そうか」と云っただけだった。

それより、さっきのあれは何だったのだ？　そう訊《たず》ねようとして、福沢は云いあぐねる。普《ふ》通《つう》に訊いてもこの少年からまともな答えが返ってくる気がしない。

「何時《いつ》から秘書が犯人だと気づいていた？」福沢は代わりにそう訊ねた。

「最初から」乱歩は餡を不器用に箸《はし》で追いかけながら云った。「あの人、長外套《コート》だったでしょ。書類並べるのに長外套《コート》はないよね。袖《そで》が引っ掛《か》かるもの」

福沢は頷《うなず》いた。長外套の内ポケットには殺し屋の指紋を偽装《ぎそう》するための用具が入っていた。かさばる用具一式を隠《かく》すために外套のポケットが必要だったのだろう。

「今日のようなことは頻繁《ひんぱん》にあるのか」

「まあしょっちゅうだよ」乱歩は餡を呑み込みながら答えた。「職場とか、道端《みちばた》とか……最初は気持ち悪いから首を突《つ》っ込んでたけど、大抵《たいてい》は邪魔《じゃま》者扱《ものあつか》いか気味悪がられるかだし、途中《とちゅう》から面倒になっちゃって。あー、やだやだ。大人の世界って、何て気味が悪いんだろう」

厭《いや》そうに顔をしかめて首を横に振る乱歩。

「大人の世界が嫌《きら》いか？」

「大っ嫌いだよ。訳が判《わか》んないもの」

乱歩の心底厭そうな顔に、福沢は違和《いわ》感《かん》を覚える。訳が判らない——この少年がそう考えるのが不思議だ。

そんなことはない、この世界には善いものもある。そう云いそうになって、福沢は言葉を呑み込む。そのような綺《き》麗事《れいごと》を云う資格は福沢にはない。

——福沢、貴様、裏切るのか。

——国家安寧《あんねい》を希《ねが》うという我等の誓《ちか》いは虚妄《きょもう》か福沢。その場凌《しの》ぎの出任せか。

今は佩《は》いていない刀の重みが腰《こし》にのしかかる。あの日から福沢は、刀剣《とうけん》を棄《す》てた。それが正義と言い訳する気はない。だが——。

ふと気づくと、乱歩が福沢の顔を覗《のぞ》き込んでいる。少年の透明《とうめい》で奥行きのある瞳《ひとみ》が、脳髄《のうずい》の奥まで見通さんと視線を照射している。内奥《ないおう》に仕《し》舞《ま》い込んだ記《き》憶《おく》が見《み》透《す》かされているような気がして、福沢は視線を逸《そ》らし、思いついた言葉を口にした。

「先刻面接だと云っていたが……少年、学校は？」

「だからあ、見たら判るでしょ？」乱歩は面倒そうに云った。「半年前に、住み込みで通える寮《りょう》つきの警察学校から追い出されたの」

「追い出された？」

「規則が面倒なんだもの。規定時刻を過ぎた後に寮より出るべからず。買い食いは控《ひか》えるべし。服装が云々《うんぬん》、規律が云々。おまけに授業は死ぬほど退屈《たいくつ》だし。人間関係は面倒だし。寮長《りょうちょう》と云い争いになって、過去の女性遍歴《へんれき》をぜんぶ暴露《ばくろ》したら追い出された」

それは追い出されるだろう。

「それからいろんなところを転々としたねえ。軍の屯所《とんしょ》で住み込み働きした時は所長の横領を言いふらして追放されたし、建設現場の使い走りをした時は上下関係が面倒で逃《に》げ出しちゃったし、郵便配達の仕事の時は手紙の中身を見る前に不要なやつを見つけて棄ててたら馘首《くび》になっちゃった。要《い》らない手紙を届けて誰《だれ》が嬉《うれ》しいってのさ。ねえ？」

当たり前のように云う乱歩。

福沢は内心唸《うな》る。屯所の住み込みに建設現場に郵便配達。確かにとてもこの少年にやりおおせる仕事とは思えない。

——全く都会は判らないなあ。

都会。彼は何故故郷から出てきたのだろうか。

「少年。故郷のご両親は」

「死んじゃった」乱歩の瞳に、ほんのわずかに悲しみの色が通り過ぎた。「事故でね。兄弟親類もいないから、それで横浜に出てきたんだよ。父上がねえ、何かあったら知り合いが校長をしてる横浜の警察学校を頼《たよ》りなさい、って。父上は警官でもちょっと知れた人だったから。まあ結局僕は警察学校もすぐ追い出されたんだけど」

「御父上の名は？」

乱歩は名を答えた。

その名前を聞いて、福沢は軽い衝撃《しょうげき》を受けた。その名は福沢でも知っていた。警察関係の界《かい》隈《わい》では知らぬもののない、伝説的な刑事《けいじ》だ。

首なし将校事件。月光怪盗《かいとう》事件。牛頭《ごず》事件。国内を震撼《しんかん》させたいくつもの難事件を解決へ導いた伝説的な名刑事だ。驚異《きょうい》的な観察力と推理力で真相をぴたりと云い当て、『千里眼』の名で呼ばれ尊敬と賞賛を集めていた。

引退し、田舎《いなか》へ移ったと噂《うわさ》では聞いていたが——亡《な》くなられていたのか。

「まあ、世間で云われるほどすっごい人って訳でもなかったと思うけどなあ。母上には謎解《なぞと》きも推理も勝てなくて、家ではいつもやり込められてたし」

細君の名も教わったが、福沢には聞き覚えはなかった。聞けば警察でも探偵《たんてい》でも犯罪研究者でもない、肩書《かたが》きのない只《ただ》の主婦なのだと云う。しかしあの『千里眼』をやり込めるほどの頭脳の持ち主か。一体どんな女傑《じょけつ》だったのだろう。

「ま、そんな訳でこっちに出てきた訳だけど」乱歩は餅《もち》の残った碗《わん》を脇《わき》に押しやって云った。「大人は全く何考えてるかさっぱりだよね。かといって帰る家もないし。面接はパアだし。行くアテもないし」

まただ。

福沢は違和感を覚える。〝大人は何考えてるかさっぱり〟——その台詞《せりふ》を目の前の少年が吐《は》くことに、判然としない認識《にんしき》の差異を感じる。

天才の両親の許《もと》で育った、世間知らずのひとりっ子。

この少年は、常人と何か違《ちが》う。頭脳の働きの何か、福沢ではぼんやりとそうとしか表現できないが、それが桁外《けたはず》れに進んでいる。一般《いっぱん》ではそれを推理力と呼ぶのかもしれないが……。だとしたら、常人が少年のことを理解できぬことはあっても、少年が常人のことを理解できぬなどと云う事態はありえないのではないか？

何か決定的に認識の齟齬《そご》がある。少年の台詞を思い出す。

——見たら判るでしょそのくらい。

——皆《みな》が判っていることを一々云わせて、後で採点するんでしょう？

この少年は自分が特別だと気づいていないのではないか。

もしそうだとしたら、奇妙《きみょう》な言動にもある程度領ける。乱歩はあの時、社長室に入ってすぐに秘書が真犯人と見抜《みぬ》いた。それなのにすぐに糾弾《きゅうだん》しなかったのは、大人たちもその事実を当然知っていると頭から思い込んでいたからだ。だから事件ではなく自分の話ばかりして、嚙《か》み合わない会話を繰《く》り返していたのではないか。

あるいはそれは、これまでずっと両親だけの閉じた世界の中で暮らしてきたせいなのかもしれない。

だが。その仮説が正しかったとして。それを少年に何と説明すればいい？

お前は特別なのだ、他人に見えないものが見えるのだ。それは何故《なぜ》？　一体どこからどこまでが？　どうやって証明する？

「どうしたの？」乱歩が福沢の顔を覗き込む。

福沢は黙《だま》って首を振《ふ》る。

説明して、それからどうなる。

所詮《しょせん》は他人だ。

自分と少年は所詮はこの場だけの関係だ。殺人現場で偶然交錯《ぐうぜんこうさく》し、また離《はな》れていくだけの人生だ。少年の思想に干渉《かんしょう》し、ましてや説教する資格など自分にはない。

福沢の胸の奥には目に見えない岩がある。硬《かた》く、冷たく、他者と関《かか》わりを持ちそうになるたびにその岩が重りとなって心臓を締《し》め付ける。

岩は、過云だ。

他者に干渉し、他者と思想を共有し、同じ方向を見ていると思い込んで疑わなかったが故《ゆえ》――それ故に起こった悲劇、流血ではなかったか。

他人に踏《ふ》み込むなどもう沢山《たくさん》だ。

「では、今日はご苦労だった」福沢は席を立った。「市警には今回の功績はお前にあると報告しておく。表彰《ひょうしょう》の推薦《すいせん》もしよう。巧《うま》くすれば市警の手代に潜《もぐ》り込めるかも知れんな。……両親を失い辛《つら》いとは思うが、お前なら必ずや大成しうる場所を見つけられる。ではな」

支払書《しはらい》を取って立ち去ろうとする福沢の手を、乱歩が不意に摑《つか》んだ。

「——何だ？」

福沢は乱歩を見る。乱歩は凝然《じっ》と福沢を見返している。

「……それだけ？」

「何？」

「それだけ？」乱歩は繰り返した。「おじさん、もっとこう……あるでしょ？　物理的なあれが。両親をなくして、仕事もなくして、行くところもなくてトホーに暮れている十四の少年を前に、何かこう、胸からこみあげてくるものがあるでしょ？」

福沢は乱歩を見た。それから喫茶処《きっさどころ》の机を見た。並べられた九杯《はい》の椀を見た。

「確かに何かがこみ上げてくる」福沢は云《い》った。「よく餡《あん》ばかり九杯も食べ続けられたな」

「まあ、この程度はね」乱歩は自慢《じまん》げに云った後、頭《かぶり》を振った。「じゃなくて、助け合いだよ！　困っている人を放《ほう》っていかない、ソーゴフジョの精神！　ん？　ソゴフージョ？　フソゴージョ？　ん？　あれ？」

「相互扶助《そうごふじょ》」と福沢は云った。「確かに善哉《ぜんざい》九杯では困窮《こんきゅう》する子供を助けるには足りなかったな。ではこれを」

福沢は襟元《えりもと》から白い名刺《めいし》を取り出した。

「何これ？」乱歩は机上《きじょう》の名刺と福沢の顔とを交互《こうご》に見比べる。

「俺の連絡先《れんらく》だ。命を脅《おびや》かされる人間の頼《たの》みを何度か聞くうち、用心棒業のようなものを営む身になった。身の危機があれば連絡しろ。一度くらいは無料で護衛してやる」

福沢は云いながら自分自身に溜息《ためいき》をついた。我ながら甘い。他者と関わることを極力避《さ》けながらも、こうやって人に関わり生きていくことを止《や》められない。孤独《こどく》でありたいと思いながら、目の前で困っている子供を足蹴《あしげ》にすることもできずにいる。無論、この少年に借りがあることも事実なのだが……。

乱歩は神妙《しんみょう》な顔をして名刺を受け取った。それから白い名刺に書かれた文面を顔に近づけてじっと見つめた後、「ふむ」と云い、店の奥に歩いていった。店内に設《しつら》えられている緑電話に小銭《こぜに》を入れ、番号を回した。

福沢の懐《ふところ》で呼び出し音が鳴った。

仕事用の携帯電話《けいたいでんわ》だ。火急の依頼《いらい》があった時のため、常に携帯しているのだ。福沢は厭《いや》な予感を押し殺しながら、携帯電話を耳に当てた。

「用心棒さん、たすけてください。仕事がなくて今日泊《と》まるところもなくて死んでしまいます」棒読みの乱歩の声が聞こえた。受話器からと店の奥からと、二重になって。

「…………」

「死んでしまいます？」もう一度乱歩が言った。何故疑問形なのだ。

「……では宿泊施設《しゅくはくしせつ》を紹介《しょうかい》し」

「次の仕事がなくて死んでしまいます」被《かぶ》せるように乱歩は云った。受話器を握《にぎ》りしめた乱歩は背を向けている。福沢のほうは決して見ようとしない。

ものすごく気が進まなかった。

巨大《きょだい》な蟻《あり》地獄《じごく》に為《な》す術《すべ》もなく吸い込まれていく自分という幻風景《げんふうけい》が頭に浮《う》かんだ。

用心棒の職務に少年の出る幕はない。事務も助手も必要としていない。第一、この破天荒《はてんこう》で制御《せいぎょ》不能の少年を雇《やと》って、一体どう使えば善《い》いのだ？

受話口の向こうからは沈黙《ちんもく》。こちらの返答を待っている。もしここにいるのが福沢以外の誰《だれ》かであれば、少しは何かしらの妥協案《だきょうあん》が引き出せたはずだ。だが福沢は上司も部下も欲しくない。組織を、他人を信じていない。そうでなくとも、この少年と会話していると果てしなく疲《つか》れる。さっさと店を出て、後は他人事《ひとごと》と高を括《くく》るのが吉《きち》だ。

「では……次の仕事に一緒《いっしょ》に来い」福沢は送話口に向かって話しかけていた。「俺は無理だが、先方で人員を探していたはずだ。仲介《ちゅうかい》しよう。それで善いか？」

「ほんと⁉」

乱歩が目を輝《かがや》かせて振り返った。受話器を握りしめたまま、光るような笑《え》みで福沢を見る。

福沢は小さく溜息をつく。

どれほど借りがあろうと、どれほど推理力があろうと関係ない。他人は他人だ。

借りがあるからでも、乱歩の頭脳に興味があったからでもない。

ただ、目の前の孤独を放っておけなかったのだ。

乱歩はどん底の孤独の中にある。両親はなく、訳の判《わか》らない世間というものの中に投げ出され、方角も判らずさまよっている。頼《たよ》るものも向かう場所もない。ただ死なぬよう生きるだけの人間だ。

福沢は望んで孤独を選んだ。

だがこの少年には、孤独を選ぶ自由すらなかったのだ。

それに。

そう喜ばれてしまっては、今更突《いまさらつ》っぱねられん。

「それじゃあ早速《さっそく》行こう！　先《ま》ずは荷物を取りに——いやその前に手洗いに——いやその前にちょっと塩《しょ》っぱいものが食べたいな！　もう口の中が甘くて甘くて——ちょっとこれ持って！　揚《あ》げ菓子《がし》が隣《となり》で売ってたよね買ってくるから、いやむしろ買ってきて！　あー喉渇《のどかわ》いた、おじさん、お茶頼んできて！」

満面の笑みで乱歩が云う。

福沢は思った。

やっぱり海に棄《す》てようかな。


駄菓子《だがし》が食べたいとごねる乱歩を宥《なだ》めること三回。

根負けして買ってやること二回。

飛行機が飛ぶ理由を訊ねられること三回。

足が疲れた休みたいと文句を垂れる乱歩を説得すること四回。

負《お》ぶること四回。

福沢と乱歩はようやく次の現場に到着《とうちゃく》した。

その間乱歩は間断なく喋《しゃべ》り続け、意見を求め続け、文句を云い続けた。曰《いわ》く自分は歩くのが嫌《きら》いだ、肉体労働は向いていない、移動など時間の無駄《むだ》だ、何のために通信装置が発明されたと思っているのか、まだ着かないのか、駄菓子が食べたい、あの銘柄《めいがら》は最近駄目《だめ》だ、社長が代わって品質が落ちた、都会は駄目だ、でも田舎《いなか》はもっと駄目だ、遊覧船に乗りたい、鳩《はと》に餌《えさ》やりたい、本当にまだ着かないのか、駄菓子が食べたい、どうしてまだ着かないのか、駄菓子が食べたい、本当は遠回りしているのではないのか——。

福沢は表情ひとつ変えなかった。

古武術の本伝を修め心技共に鍛《きた》えられた福沢は、稚児《ちご》の喚《わめ》き声くらいで精神統一を乱されりはしない。日頃《ひごろ》の修練の賜物《たまもの》である。福沢は表情を変えず対応を続けた。

続けたのだが、相槌《あいづち》を打ちながら内心では乱歩をぶん投げていた。心の中でだけ。ふん縛《じば》って街角に放置して帰った。心の中でだけ。マンホールの蓋《ふた》を開いてそこに向かって歩かせ、ひゅーん、ぼちゃん、という落下音を聞き届けてからマンホールの蓋を戻《もど》した。心の中でだけ。その他《ほか》、乱歩を放置して自分だけ帰る方策を五十ほど粛々《しゅくしゅく》と立案していた。すべては心中での み起こった事件である。

無心に立案を続ければ続けるほど福沢は無表情になった。おかげで激せず怒鳴《どな》らず乱歩の相手をすることができた。

終《しま》いには乱歩に感心されてしまった。乱歩は福沢の無表情をぽかんと眺《なが》めた後、

「おじさん、根気強いねえ」

と云った。

この瞬間《しゅんかん》が一番危なかった。わずかでも福沢の精神統一に綻《ほころ》びがあれば、乱歩はマンホール

行きだったであろう。

日頃の武術鍛錬《たんれん》の賜物である。

そうして二時間ほど移動し、福沢が五十一個目の方策を編み出していた頃《ころ》——ここに書くのが憚《はばか》られるような苛烈《かれつ》な奴《やつ》であった——、ようやく目的地に辿《たど》り着いた。

「演劇場？」

「そうだ」

夕刻前の深く青い空の下、直線的な外観の演劇ホールの前に、二人は立っていた。

入口の案内板には演目のポスターが貼《は》られている。上演までの時間はずいぶんあるが、既《すで》に何人かの客が劇場へと入っていくのが見える。建物の壁面《へきめん》には世界劇場、と彫《ほ》り込まれた石碑《せきひ》が埋《う》め込まれていた。

乱歩は大げさに顔をしかめた。「つまんなそう」

「ここの支配人《オーナー》が人手不足を嘆《なげ》いていた。今回の依頼を完遂《かんすい》すれば、お前の雇用《こよう》程度の無理は聞き入れて貰《もら》えるだろう」

「依頼って？」

「殺人予告だ」そう云《い》って福沢は入口へと歩きはじめた。乱歩が小走りで後を追う。

裏口となる設備搬入《はんにゅう》口を通って地下への階段を降りたところで、福沢は劇場の支配人に話しかけられた。

「それで」支配人は鷹揚《おうよう》な口調で云った。「遅刻《ちこく》の云い訳は？」

福沢と同年代だろうか。スーツ姿の女性だ。胸を張り、腰《こし》の前で腕《うで》を組んで、福沢を挑戦《ちょうせん》的に見上げている。時折指で眼鏡《めがね》を神経質そうに押し上げる仕草は癖《くせ》なのだろう。眼鏡は細い黒《くろ》縁《ぶち》の鋭角《えいかく》三角形だ。

「申し訳ない、江《え》川殿《がわどの》」福沢は眼前の女性に素直《すなお》に頭を下げた。約束の時間に遅《おく》れたのは乱歩が事あるごとにぐずったせいだが、それは女史とは関係のないことだ。

「ま、いいわ」女支配人はくるりと背を向けると、靴音《くつおと》を高らかに鳴らしながら通路を歩き出した。黙《だま》って福沢が続く。「開演まではまだ間があるから、現場を確認《かくにん》しておいて頂戴《ちょうだい》」

福沢は江川女史の後を追いながら云った。「脅迫《きょうはく》の主の目処《めど》はついているのか？」

江川女史は足を止めると、振《ふ》り返って云った。

「それは貴方《あなた》の仕事ではないわ。警察には既に届けてあります。用心棒たる貴方の仕事は、殺人が起こった場合の犯人を取り押さえること。要するに頭数よ。見張りや聞き込みは制服警官がするわ。全く苛々《いらいら》するったら——殺人の予告まで出されて、市警が何人来たと思う？　四人よ、たったの。ああ忌々《いまいま》しい。どうせ殺人なんて起こりやしないと高を括ってるんだわ、舐《な》められてるんだわ、人が死んだら全部市警の所為《せい》にしてやる」

福沢は表情を変えずに当惑《とうわく》した。劇場に福沢を紹介した依頼《いらい》人の話では、しっかりした堅実《けんじつ》な仕事ぶりの女性支配人だと聞いてきたのだが、どうやら想像と少し性格が異なるようだ。

まあ、それならそれで構わない。他人の仕事に口出しする気はないし、興味もない。支配人の云う通り、福沢は自分の仕事をするだけだ。

「脅迫の内容を教えていただけるか？　敵の狙《ねら》いによっては警備の態勢が変わってくる」

「これよ」

江川女史は一枚の印刷紙を取り出した。簡素な印刷字体で、数行の文言が書かれている。

「何日か前に事務所に届けられたの。『天使が演者を、真の意味で死に至らしめるでしょう――V』。それから公演の日時と演目が書かれているわ。天使とかVとか、全くふざけた脅迫。どうせどこか他の劇場の営業妨害《ぼうがい》でしょう」

「そうかなあ？」

突然《とつぜん》視界外から声を掛《か》けられて、江川女史は飛び上がった。

「結構いけてると思うけどね、それ。演者ってことは殺されるのは役者さんかな？　ふうん。どうなるか楽しみだねえ、おばさん」

「おばっ……」江川女史の眉間《みけん》がひきつった。「福沢さん。誰《だれ》ですかこの子供は？　こんな時に無関係の人を内部に入れられては困るのですけど」

「申し訳ない。彼は……求職者だ。以前に事務の手が足りず困っているという話を、こちらの関係者から伺《うかが》ったのを思い出した。この一件が片付いたら、彼の面接を頼《たの》めないかと」

「はあ、確かにうちは年中人手不足ですけど」江川女史は目を眇《すが》めてうさん臭そうに乱歩を見た。「判《わか》りました。では所定の規則に従って、事務の窓口に履歴《りれき》書を送って下さい。他の候補者と一緒《いっしょ》に審査《しんさ》するわ」

「なあんだ、他にも希望者がいるの？」乱歩が不機嫌《ふきげん》そうな顔をした。「厭《いや》だなあ、そんなんじゃ僕が採用される訳ないじゃないか！　今ここで決めてよ」

「はあ？」

福沢は誰にも聞こえないよう、喉《のど》の奥だけで溜息《ためいき》をついた。

何となく……こうなる気がしていた。

「貴方ねえ、そんな我が儘《まま》な子供を大人が採用したがると思う？　大人の世界はまず礼儀《れいぎ》が第一なの。それを理解して頂戴」

「それ他の人からも聞いた。何度も」乱歩はかってないほどうんざりした顔をした。「理解できないよ、大人の世界なんか。最初に本音を云えばいいのに、一々隠《かく》すのはなんで？　例えばおばさんは劇場の支配人なんてホントはやりたくない。部下を威圧《いあつ》するために靴《くつ》と服にはお金を掛けてるけど、爪《つめ》の手入れはろくにされてないし、指輪もない。指の付け根に消えかけのタコがあるよ。手は前の仕事に戻りたがってる。あとは……警察も用心棒も劇場関係者も信用してない。でなければ用心棒のおじさんを最初に市警に引き合わせるはずだから。引き合わせないのは、おじさんに市警を見張らせるためだよね？　で警察にもおじさんを見張らせる。人が死ぬんだからそのくらいしてもいいと思うけど、だったら最初にそう云えば？」

「なっ……」江川女史は反射的に自分の指を隠しながら云った。「何をいい加減なことを、失礼な」

その狼狽《ろうばい》した表情から福沢にも判った。おそらく図星なのだろう。

「他にも云おうか？　真新しいけど飾《かざ》り気のないネックレスは贈《おく》り物じゃなく自分で買ったもの。あと塞《ふさ》がりかけてる耳のピアス穴。つまりここ数年の男性関係は――」

「そこまでだ」福沢が低い声で制した。「貴女《あなた》の内心がどうであろうと俺は気にしない。人の死を避《さ》けるべく最善を尽《つ》くすだけだ。関係者に話を聞きたいが、構わないか？」

「勝手にして頂戴！」江川女史は強がるように吐《は》き捨てた。「私はこの仕事が気に入ってるの！　ああもう忌々しい、どいつもこいつも……！」

江川女史は玄関《げんかん》ホールの床《ゆか》を踵《かかと》で高く鳴らしながら、足早に歩き去ってしまった。

「大人の世界って不思議。なんで怒《おこ》るのかな？」女史の背中を見ながら乱歩が呟《つぶや》いた。

福沢は息を深く吸い、止めて、吐き出した。

息を吐いた福沢の表情は疲《つか》れていた。

乱歩の仕事が長続きしない理由が理解できた、という顔だった。


役者の動線を確認する必要があった。

殺人予告犯に指名されているのが役者たちである以上、彼等がどの時刻にどこにおり、単独行動の可能性があるのはいつか把握《はあく》しておく必要がある。聞くと市警は周辺と出入口の警戒《けいかい》が主で、役者一人ずつの警護までは手が回らないらしい。これでに一度入場を許してしまえば、犯人に自由な行動を許してしまうことになる。

そこで役者一人一人に動線を訊《たず》ねて回ることになった。一応劇団内に渡《わた》される時間管理表《タイムスケジュール》と香盤《こうばん》──全俳優の出場と役を記したもの──は渡されていたが、個々の役者がどう動きいつ無防備になるか確認しておかねばならないと福沢は判断した。ついでに決して一人にはならぬよう釘《くぎ》を刺しておく必要もある。可能であれば、殺人予告の標的となった役者たちから、脅迫を受ける心当たりはないか訊ねておきたかった。

最初に話をしたのは、演劇の花形、十二人いる登場人物の主役となる青年だ。

「はあ?」楽屋の個室、熱心に読んでいた台本から顔を上げて、青年は整った顔を歪《ゆが》めてみせた。「本番直前に、一体何ですか? こっちは台本読んでるんですよ」

他《ほか》の人間の姿はない。椅子《いす》に浅く腰掛《こしか》けた青年は、読んでいた台本を忌々しそうに投げ棄《す》てながら云《い》った。

「こっちは本番前なんだ。本番前の役者がどんな気持ちでいるか判りますか?」

福沢は答えなかった。

「おれたちは潜《もぐ》るんだ。別の世界、別の人間の中に。そのために一年近くも稽古《けいこ》してきた。邪《じゃ》魔《ま》する奴《やつ》がいたら殺してやる」

それから机の上にある、水の入った杯《さかずき》をひといきに飲み干した。

「喉が渇《かわ》いた。注《つ》いで貰《もら》えますかね」

青年が顎《あご》で指し示した先には、水の入った大型容器が置かれていた。空になった水杯を福沢に差し出す。

黙って福沢が注いだ水をもう一度飲み干してから、青年は「集中してるんですよ」と云った。見れば心なしか顔色も青白い。神経質そうな目許《めもと》には薄《うす》く隈《くま》が浮《う》かんでいる。

「職務は尊重する」福沢はその顔色を見ながら云った。「だが殺される可能性があるのは君たちだ。公演中、一人になる時間はあるか？」

主役の青年——村上《むらかみ》はさらに何か言い返そうと息を吸ったが、諦《あきら》めたように息を吐いた。

「……出番前に袖《そで》で何度か。楽屋との移動は小屋の人がいるから一人じゃあないな。あとは最後の舞台挨拶《カテコ》の前。まあ一応みんな警戒してるから、誰かしらと居るようにはしてますよ。……ああ、けどあそこに居る時は無防備だなあ。俺は特に、何十分も一人でそこにいる」

「それはどこだ？」

「舞台《ぶたい》の上ですよ」村上青年は唇《くちびる》の端《はし》を歪めて笑った。「これでも主役なんでね」

福沢は唸《うな》った。確かに舞台の上の役者に張りついて警護する訳にもいかないし、襲撃《しゅうげき》の危険があるから物陰《ものかげ》で演技しろ、と命じる訳にもいかない。しかし舞台の上には膨大《ぼうだい》な人間の耳目《じもく》がある。観客に注目されている中で暗殺すれば、逃《に》げおおせるなど限りなく不可能に近い。最も警戒すべきはやはり俳優が一人になる時だろう。

「ふうん、主役なんだ」傍《かたわ》らに控《ひか》えていた乱歩が、いきなり云った。

「あ？……なんだ、ガキか」村上青年は不機嫌な顔で云った。「まさかお前、用心棒の助手か？」

「ねえ、このお芝居《しばい》ってどんな話？」乱歩は村上青年の質問を無視して訊ねた。

「どんなってお前、用心棒なら劇団から台本貰ってるだろ。それ読めよ」

「あんなの読んでもつまんないよ。最初の一頁《ページ》で面倒《めんどう》になっちゃった。だから教えて」

つまんない……。

福沢は密《ひそ》かに顔を覆《おお》った。やはり乱歩を連れてくるべきではなかった。一人ロビーで待たせたらどうせ碌《ろく》なことにはならぬと思い連れてきたが、この少年はどこに居ても人の神経に障《さわ》るところを的確についてくる。

おそらく俳優は激怒《げきど》し、これ以上の話はできないだろう。

そう福沢は思ったが。

「そうか、ガキ。お前がつまんねえと思うなら、そうなんだろう」村上青年は神妙《しんみよう》な顔で答えた。「演劇がつまんねえかどうかを判断するのは観《み》た奴だ。お前の首を絞《し》めて『面白《おもしろ》いから全部読め』と脅《おど》すのは簡単だが、それは脅し屋の仕事であって俳優の仕事じゃないからな。なあガキ、お前は劇に何があったら面白いと思う？」

「何それ？　うーん」乱歩は首を捻《ひね》ってから答えた。「劇のど真ん中で予告通り役者が殺されたら面白い」

福沢は背筋に震《ふる》えが走った。

「は！　ガキっぽい答えだ」だが村上青年はにやっと笑った。「観客がそう思ってるなら、脅《きよう》迫《はく》通り殺されてやるのも悪くないかもな」

「おい」福沢は眉《まゆ》をひそめて声を掛《か》ける。不謹慎《ふきんしん》だと思ったのだ。が、

「もちろん殺される気なんてありませんよ」村上青年は福沢に向かって云った。「だが、娯楽《エンターテイン》業《メント》の世界に身を置く人間なら考えることだ。『演劇を極《きわ》めるためなら他人の命を奪《うば》えるか』……おれなら奪うね。迷いなく。おれが人を殺さないのは、人の命を対価に芝居の極意《ごくい》を教えてやろう、と持ち掛けてくる取引相手に逢《あ》ったことがないからだ。今のところはね。だからもし、今回の殺人予告を仕掛《しか》けた奴が観客を驚《おどろ》かせようとして事を計画してたなら、いい根性《こんじょう》だと思いますね」

村上青年は福沢を見ていなかった。乱歩も見ていなかった。ただ自分を、自分が影響《えいきょう》を与《あた》えることのできる観客のことだけを見、考えていた。

福沢は眉をひそめた。俳優魂《だましい》は見上げたものだが、これは厄介《やっかい》だ。殺人をただの事象と捉《とら》えている。人命を貨幣《かへい》のような交換《こうかん》単位として考えている。支配人にしても、この俳優にしても、殺人予告に対するこの危機感の鈍《にぶ》さは何なのだ？

そもそも福沢はこの公演を開催《かいさい》すること自体に反対なのだ。公演予定を曲げて、それで人命が購《あがな》えるなら安いものではないか。

だが公演は実施《じっし》される。おそらくこの村上青年のように考える人間が多いのだろう。

「さて、そろそろ客入りだ」村上青年は立ち上がった。「おれは行きますよ。まあ、おれもプ

ロならそちらもプロでしょう。誰《だれ》の被害《ひがい》もなく依頼《いらい》人を警護し無傷で帰すのがプロの仕事だ。期待していますよ」

そう云われてしまっては、承《うけたまわ》ったと云う他《ほか》返す言葉もない。

それから他の演者にも話を聞いて回った。

登場する役者は全部で十二人。女性が七名に、男性が五名。男性のうち一人は主役である村上青年だ。

大きな劇場だから全員に個室の楽屋があてがわれているのかと思ったが、どうやら村上青年は特別であるらしい。他の俳優は大部屋の楽屋に集められ、おのおの着付けを再確認《かくにん》したり、台本を暗唱したり、小道具を振《ふ》り回して立ち回りを確かめていた。

聞けばこの演劇の上演時間のうち、ほぼ半分は主役である村上青年の出番なのだという。カレあれで売れっ子俳優なのよ、と女優の一人が云った。

「カレの独演会みたいなもんよ。台詞《せりふ》の量も段違《だんちが》いだし、立ち回りもあるし」女優はメイクを確認しながら云った。「脚本《きゃくほん》の倉橋《くらはし》さんとずいぶん二人で打合せしてたわ。かなり入れ込んでるわね。大道具の子を怒鳴《どな》ってたところを見たって人もいたし」

　また別の俳優に訊《たず》ねた時はこう答えた。

「誰も本当に殺しが起きるなんて思っちゃいませんよ」やや年かさの俳優は香盤《こうばん》を見ながら云った。「これでも客商売の世界です、僻《ひが》み嫉《そね》みは珍《めずら》しい話じゃあない。狂信的《きょうしん》な劇団の信奉者《しんぽうしゃ》だっている訳ですからね。脅迫なんて一々付き合ってられませんよ。まあ僕なんか端役《はやく》だから、殺すぞと脅す価値もない。脅すんなら、まあ、村上君だろうなあ。彼は女性の追っかけも多いですから」

　そう云って俳優は笑った。

　また別の女優は眉をひそめて云った。

「脅迫ぅ？」衣装《いしょう》なのだろう、白銀に染められた大きな鬘《かつら》を被《かぶ》った女優は、化粧《けしょう》の手入れをしながら云った。「正直ねぇ、そんなのこっちの話に決まってると思うわぁ」

「こっち？」

「これよ、これ」そう云って女優は小指を立てて振ってみせた。「狭《せま》い業界でしょ？　くっついたり離《はな》れたりが多くってねぇ。新人食べちゃったとか、別れて劇団辞《や》めたとか……殺したい相手の一人や二人いるのが普通《ふつう》なんじゃない？」

　貴女《あなた》は殺したい相手がいるのか、と福沢は問いかけたが、鬘の女優はうふふ、と答えてはぐらかした。

痴情《ちじょう》の縺《もつ》れだけが原因の、脅して怯《おび》えさせる程度が目的の脅迫であればいいが。

今朝発生したばかりの、殺し屋による殺人を思い出す。

もし殺人予告があの級《クラス》の暗殺者によって実行されるなら、観客と俳優と乱歩と自分、全員の安全を確保する自信は福沢にはない。

全員に話を聞いて楽屋を辞した。廊下《ろうか》を歩きながら、福沢は考える。

一対一の決闘《けっとう》ならば異能者であっても後《おく》れを取ることはない。だがいくら腕《うで》が立つ用心棒であろうと、一度に守れる人間の数は限られている。

もし福沢が殺す側なら、市警四人などものの数ではない。警護を突破《とっぱ》し、騒《さわ》ぎに乗じて俳優の一人を殺すことは可能だ。一方守る側の現状では、劇場の全員に鉄壁《てっぺき》の警護を敷《し》き、安全な空間を構築するにはおそらく福沢が十人は要《い》る。

それは福沢が用心棒として何度となくぶつかった壁《かべ》だった。いかに福沢が武術の達人であろうと、敵は警備の間隙《かんげき》を突《つ》いてくる。善なる者の生命を守るには身体《からだ》が足りない。一方悪の側は場所を選び、隙《すき》をついて襲《おそ》えばいいだけだから身体は一個で十分だ。その瞬間《しゅんかん》のみ最大効率で発揮される武力がありさえすればいい。

守る武力と襲う武力の不均衡《アンバランス》。

理不尽《りふじん》な武力から身を守るには武力しかない。しかし襲う側と守る側では、そもそも必要武力の比率が異なるのだ。この不均衡をひっくり返すためには、武力以外の何かがいる。

「おじさん何考えてんの？　お腹《なか》減ったんだけど」

傍《かたわ》らの少年が暢気《のんき》な声を投げかけてきた。

それで福沢ははっとした。

先刻の女社長殺害の真犯人を見抜《みぬ》いたのは誰だったか。

江川女史の秘密を初対面で暴《あば》いてみせたのは誰だったか。

「なあ少年。お前——この脅迫事件、何か気づいたことはあるか？」

この少年に非凡《ひぼん》な力があることはもはや疑いようがない。それが何なのか福沢にははっきりとは摑《つか》めないが、武力ではない何か、守る側と襲う側の比率をひっくり返す何かではないのか。

福沢の問いかけに、乱歩は静かな目でただ見返してきた。

彼には何かが見えている。

——何が見えているのだ？

「別に何も気づかないよ。善《よ》く判《わか》らないなあ、って、それだけ」乱歩はつまらなそうに首を傾《かし》げた。

福沢は足を止めた。そこは劇場のエントランスロビーだ。既《すで》に観客は入場をはじめており、長い列をなしている。

「そうか」

福沢は息を吐《つ》いた。善く判らない、か。

我知らず乱歩に期待していたのだろう。今になってみれば、だから面倒《めんどう》も無礼も承知で関係者との面談に乱歩を同行させたのかもしれない。いや、それ以前に、殺し云々《うんぬん》の現場に未成年を連れてきたこと自体が、目の前の少年の実力を知りたがっていたからなのかもしれない。

三京《さんきょう》を流祖とする古武術流派の皆伝《かいでん》を授《さず》けられた身にして、ずいぶんと気弱なことだ。

「はあ……でももういいや。仕事の口も駄目《だめ》になっちゃったみたいだし、第一こんな時間厳守でつまんなそうなところでずっと働ける訳ないし」乱歩が所在なげにロビーの床《ゆか》を蹴《け》る。入口にほど近いそこには毛足の長い鳶色《とびいろ》の絨毯《じゅうたん》が敷かれていて、ほとんど音を立てない。

「第一、もうすぐ人が死んでこの劇場つぶれちゃうし」

通りかかった何人かの観客がぎょっとして振り返る。

福沢の背筋が冷えた。子供の冗談《じょうだん》にしては、たちが悪すぎる。大人としてはたしなめるべき場面には違《ちが》いない。

しかし福沢は動けなかった。

背筋が冷えたのは、乱歩の言葉が不作法だったからではない。

——ていうか殺したのはあなたでしょう、秘書さん。

あの時の口調と同じだったのだ。

福沢は乱歩を見る。乱歩はごく普通の様子で、福沢の視線を不思議そうに見返している。

「違うの？」

「殺人は……起こさせん」福沢はようやく口を開いた。「そのために俺が呼ばれたのだ。この脅迫《きょうはく》が本物だとは、市警も劇団も考えていない。仮に脅迫の目的が何であろうと」

「脅迫じゃないいったら」

乱歩は不服そうな顔をした。

「これは脅迫じゃなくて予告。アレコレをやめろ、でないとコレコレするぞ、っていうのが脅迫でしょ？　二者択一《にしゃたくいつ》なんだよ、脅迫ってのは。でも今回のは『役者を殺すぞ』、っていうそれだけ。だから脅迫じゃなくて予告、っていうかむしろ宣言だね。だから犯人は必ず殺しに来るよ。犯人は劇場側に何も求めていない。ただ標的の死だけを求めてるんだから」

福沢は唸《うな》った。

確かに乱歩の云う通りだ。今回の犯人の目的はあまりに不透明《ふとうめい》すぎる。普通の殺人予告はもっと露骨《ろこつ》に犯人側の主義主張を乗せてくるものだ。劇を中止しろ、とか謝罪しろ、などという文言が入ってくるはずなのだ。だが今回の脅迫状——乱歩に云わせるところの宣言——にはそれがない。

天使が演者を、真の意味で死に至らしめるでしょう――V。

「何故《なぜ》気づいていて云わなかった？」福沢は訊ねた。

「云ってどうなるのさ」乱歩はむくれた。「大人なんだから、自分たちで何とかしなよ。僕みたいな子供の意見聞いたってしょうがないでしょ？　そもそも本当のことを云うと、大抵皆怒《たいていみなおこ》るし」

横浜に出てからこれまでのことを云っているのだろうか。乱歩の瞳《ひとみ》は暗い。

「ホント、大人って判らないよね」乱歩は不服そうに足下《あしもと》の絨毯を爪先《つまさき》で蹴っている。「僕みたいな子供が判ってることなんだから、警察もおじさんも前から気づいてるんでしょう？　母上の口癖《くちぐせ》だったよ。『お前はまだ子供なんだから』って。僕もそう思うよ。だって大人の考えてることが全然判らないんだもの。時々皆が何も判ってないんじゃないかって疑うこともあるけど、そんな訳ないし」

『お前はまだ子供なんだから』。子供なんだから、大人のことは判らなくて当然。大人はお前よりも賢《かしこ》いんだよ。――そういう意味だろうか。

乱歩の両親がそう云い聞かせた理由は、何となく判らなくもない。

判らなくもないが。

「ではお前は――自分が気づいていることは大人も気づいているはずだと、そう考えていたのか」

「そうだよ。悪い？」

目眩《めまい》がした。

福沢は、自分がかつて対峙《たいじ》したこともないほど巨大《きょだい》なものと向き合っていることに気がついた。そのあまりの巨大さに圧倒《あっとう》された。

この子は何も判っていない。

この子が思うよりも遥《はる》かにずっと、世間が何も判っていないということが判っていない。

最初に逢《あ》った時からそうだった。

秘書の殺人を告発し、江川女史の本心を見抜いた。今もその目は、福沢をはじめとした〝大人〟たちから見えるより遥かに多くのものを見通している。

だが自分の視界が自分だけのものであることに、乱歩は気づいていない。

ある意味では、幼いというのはそういうことだ。自分と他人は違うのだということ、同じものを見ても他人は自分と全く違った受け取り方をするのだということは、それなりに成長してはじめて判ること。否《いや》、成熟した大人であっても頻繁《ひんぱん》にそのことを見落とすものだ。他人も自分と同じふうに考えるはずだ――そう勘違《かんちが》いして、他人との間にさまざまな軋轢《あつれき》を引き起こすのが人間だ。その陥穽《かんせい》に幼い乱歩が陥《おちい》ったとしても、責められる筋合いはない。

だが、乱歩のそれは度を越《こ》えすぎている。

あれだけの観察力を持っていながら、乱歩は自分が無知だと思っているのだ。

何故だ。

両親のせいか？

ひとりっ子の乱歩が今までいた世界が、彼と互角の頭脳を持つ両親に守られた世界だったせいか？

ここに来て、福沢はついに内心にある感情を抑《おさ》えられなくなった。

好奇心《こうきしん》である。

この少年が果たしてどこまでのものか、知りたくなったのだ。

「少年。俺について何を知っている？」

「はあ？」乱歩は変な顔をした。「何って、逢ったばかりのおじさんだよ。何も知らないよ」

「何でもいい」福沢は云った。「知っていること、気づいたことを云ってみろ。もし俺の想定以上の答えができたら、この次の仕事を探す手伝いもしてやる。どうだ？」

「ええ……？　ほんと大人って交換《こうかん》条件が好きだよね……」乱歩は不本意そうな顔をしながらも頷《うなず》いた。「判《わか》った。でも本当に逢ったばかりだし、知ってることは他《ほか》の人よりずっと少ないよ？」

　おそらく、そう思っているのは乱歩だけだ。「試《ため》してみろ」

「うーんと……」乱歩は腕《うで》を組みながら云った。「歳は三十代前半。用心棒。殺し屋さんをぶん投げるくらいの武術の達人。独り身。同僚《どうりょう》もいない。右利《みぎき》き。喫茶店《きっさてん》で座る時無意識に右側が壁《かべ》の席を選ぶ癖《くせ》があったから剣術《けんじゅつ》もやってたはず。左側が壁だといざという時に素早《すばや》く抜刀《ばっとう》できないからね。入口が見える席に座ったからかなり修羅場《しゅらば》を潜《くぐ》ってるよね。劇場の硬《かた》い床の上を歩く時でもほとんど音を立てないのは、路上や室内での戦いを想定して訓練してるから。設備搬入《はんにゅう》口の暗がりに入る少し前から片目を閉じて歩いてたのは、暗いところに入った時にすぐ周囲を見回せるようにするため。つまり暗所での奇襲《きしゅう》戦を想定した訓練をしていた」

　福沢は——徐々《じょじょ》に躰《からだ》が冷えていくのが判った。

　足の指の感覚が失《う》せていく。喉《のど》が渇《かわ》いて張りつく。掌《てのひら》が湿《しめ》る。

「用心棒の評判はいいけど、経歴はそんなに長くない。用心棒は守るのが仕事だから、暗所で足音を消して忍《しの》び寄る必要なんてないもんね。前は違う仕事をしてて辞《や》めた。奇襲って云っても、お金を貰《もら》って人を殺す、さっきみたいな殺し屋と同類じゃないね。殺し屋について喋《しゃべ》る時別に特別な感情は見えなかったし。市警に話をする時も特別警戒《けいかい》してる様子はなかったもんね。だから足のつくような犯罪職業じゃない。でも今、得意武器の刀を仕事に使わないのは、前の仕事を恥《は》じてるからかな」

心臓が痛い。

喉がカラカラに渇いて息ができない。

視界が赤と黒に明滅《めいめつ》する。

「犯罪行為《こうい》じゃないのに恥じるような、刀で奇襲する仕事って何だろう？　ところで何年か前に話題になってたよね。終戦協定のごたごたで、戦線の維持《いじ》拡大を唱えてた好戦派の官僚《かんりょう》やそれに癒着《ゆちゃく》してた海外軍閥《ぐんばつ》の長が次々に死体で見つかった、って。おじさん、街頭であれの続報が書かれた新聞を見た時、ちょっと顔をしかめてたでしょう。さてはおじさん」

「黙《だま》れッ！」

福沢の気迫《きはく》が迸《ほとばし》った。

それはほとんど物理的な放射となって室内を駆《か》け抜《ぬ》けた。硝子窓《ガラスまど》が震《ふる》え、照明器具が音を立て、遠くを歩く劇場関係者が小さく悲鳴をあげた。

それは武術の達人が放つ〝遠当て〟に似た現象だった。

無意識に放たれた裂帛《れっぱく》の一撃《いちげき》を、乱歩は至近距離《きょり》でまともに浴びた。見えない大槌《おおつち》に殴《なぐ》り飛ばされたような衝撃《しょうげき》に躰を強く撲《ぶ》たれた乱歩は、数歩後ずさって尻餅《しりもち》をついた。

尻餅をついたまま、乱歩は何が起こったか判らないという顔でぱちくりと瞬《まばた》きをした。超《ちょう》一級の遠当てをまともに食《く》らって、一瞬《いっしゅん》だけ意識を刈《か》り飛ばされたのだ。

福沢ははっと我に返った。

「済まん……怪我《けが》はないか」乱歩に近づいて助け起こす。

「うあ……？」乱歩はまだ瞬きを繰《く》り返している。

福沢は内心の羞恥《しゅうち》に押し潰《つぶ》されそうだった。圧縮した殺気ともいえる遠当てを素人《しろうと》に叩《たた》き付けるなど、武術を修めた者に赦《ゆる》されることではない。それほどに福沢は動揺《どうよう》したのだ。

これほど自分が動じると思わなかった。とっくに決別し、ないものとして割り切っていた過去。真実を知るものはかつての同士以外にない。

確かに悪の行為ではない。福沢の剣《けん》がなければ騒乱《そうらん》は長引き、何万という犠牲《ぎせい》をさらに生み出していたかもしれないのだ。だが決して口外できぬ闇《やみ》の仕事だ。福沢の仕事に関《かか》わったものは政府の上層部に席を持つ者ばかりだが、あれ以来連絡《れんらく》を取ったことはない。誰《だれ》も彼も皆揃《みなそろ》って口をつぐみ、黙《もく》して語ろうとはしない。福沢はこの秘密を墓まで持っていく覚悟《かくご》でいた。

それを、逢ったばかりの少年に見破られるとは。

こんなにもあっさりと。

「その話は……するな」福沢はようやくそれだけを口に出した。「お前の力は判った。やはりお前は本物だ」

乱歩のいるところに、暴《あば》けない秘密など存在しない。
乱歩は、それが特別なことだと判っていない。
ならば今は、動揺している場合ではない。
方法を考えるのだ。
乱歩に、自分の力を自覚させる方法を。
その時、館内放送で予鈴《よれい》が鳴った。開演五分前を告げる予鈴だ。
「間もなく開演します。劇場にお入り下さい」扉《とびら》前の係員が告げる。
「行くぞ」
まだ目を白黒させている乱歩を引きつれ、福沢は観客席の扉へと向かった。
兎《と》も角《かく》——この少年に舞台《ぶたい》の現場を見張らせる。そうすれば何か判るかもしれない。
まとまらない頭で福沢は考える。まだ心がざわついている。
秘密を見抜《みぬ》かれて動揺している。乱歩の観察眼に驚愕《きょうがく》している。——それだけか？
そのざわつきの底にあるものが何なのか——整理する余裕《よゆう》は、今の福沢にはない。

福沢と乱歩が席につくと同時に、公演がはじまった。

最前列の中央席だ。舞台までが近すぎるため観劇に向いた席とは云《い》えない。だが福沢がその席を選んだのは、何者かが舞台上の役者に襲《おそ》いかかった場合、ここからなら最短距離で阻止《そし》に走れるからだ。

福沢の隣《となり》には乱歩。先程《さきほど》の衝撃が抜けきっていないらしく、まだぼんやり空中を見つめたまま足をぶらぶら揺《ゆ》らしている。

劇場ホールは四百人近くを収容することができる。見渡すと、その席のほとんどが埋《う》まっている。観客は年齢《ねんれい》も性別もまちまちだが、敢《あ》えて傾向《けいこう》を語るなら二十代の女性が多い。

やがて本鈴とともに緞帳《どんちょう》が上がり、演劇がはじまった。

福沢は既《すで》に台本を読み込み、内容は頭に入っていた。

予告状には『天使が演者を、真の意味で死に至らしめるでしょう』とあった。天使、と表現された言葉は偶然《ぐうぜん》や諧謔《かいぎゃく》ではないだろう。今回の演劇は天使にまつわる物語だからだ。

福沢は台本を思い出す。演劇の内容を一言で表すならば、こうだ。

天使による殺人。

十二人の登場人物を、天使が次々に殺害していく物語。

それが今回の演劇の概要《がいよう》だった。

殺される側である登場人物たちには、それが天使による虐殺《ぎゃくさつ》なのかそうでないのかが判断できない。何故《なぜ》なら殺害はナイフ、落下死、扼殺《やくさつ》、毒殺——ごく普通《ふつう》の手段で行われるからだ。そして誰も殺害の瞬間《しゅんかん》を見ていない。一人ずつ殺されていく。だから登場人物たちは、それが天使の手による超自然的な粛清《しゅくせい》なのか、人間の手による連続殺人事件なのかが判らない。

登場人物の一人が云う。もし天使であれば、手に持つ神剣で一刺《ひとさ》しだ。わざわざ、孤立《こりつ》した人間を物理的手段で殺していく理由などない。だからこれは天使の粛清に見せかけた殺人、十二人の中の誰かが犯人の連続殺人事件なのだ、と。

またある人物が云う。もし人間の仕業《しわざ》なら、この中の誰かが犯人ということになる。だがそんなことはありえない。仲間を殺す理由が我々にはない。だが天使にはある。我々は天使に背《そむ》いた罪人であり、罪人を粛清するのが天使に与《あた》えられた使命なのだから。だが裏を返せば、我々十二人は同じ罪人であり、天使に対する恐怖《きょうふ》によって繋《つな》がったある種の共同体だ。逃亡者《とうぼうしゃ》の盟友である仲間を殺して何になるというのだ。

主役である村上青年は、十二人をまとめるリーダーのような存在だ。村上青年が舞台上で叫《さけ》ぶ。神よ、我々は罪を犯《おか》した。貴方《あなた》はその罰《ばつ》として我々から翼《つばさ》をもぎ取り、この地上へと堕《お》とした。それで罪は贖《あがな》われたのではないのか。何故その上にこのような残酷《ざんこく》な所行を為《な》すのか。

十二人いる罪人たちもまた、元天使なのだ。

人間に憧《あこが》れ、彼等との共存を求めたため神の逆鱗《げきりん》に触《ふ》れ、天使の力を奪《うば》われただの人間として地上に堕とされた。

この演劇――『晝《ひる》は夢　夜《よ》ぞ現《うつつ》』という題名《タイトル》がつけられた劇は、天界を追われ人間になってしまった元天使たちが、神の許しを得るため古い劇場に集まる、という筋書きだった。

そして同時に、登場人物たちを一人一人殺していくのは天使なのか、それとも十二人のうちの一人なのか――その謎《なぞ》を登場人物たちが解き明かす、一種の推理物語《ミステリ》としても観《み》ることができた。

推理の合間に、人物たちの人間関係、愛憎《あいぞう》がからんでいく。

恋人《こいびと》、姉妹、仇敵《きゅうてき》――お互《たが》いが同じ元天使として連帯しながら、しかし同時に殺人の犯人ではないかと疑いながら、元天使たちは古い劇場の中をさまよう。

そんな彼等の目的は、劇場の中に住まうというある異能者を見つけ出すことだ。

「ねえ、異能者って何？」

不意に乱歩が訊《たず》ねた。

答えたものか、福沢は一瞬《いっしゅん》悩《なや》む。巷間《こうかん》にはほとんど知られていない異能者の存在をどう説明すればいいか――ということで悩んだ訳ではなく、単純に上演中だからだ。小声でも、最前列で話せばさすがに目立つ。

「観ていれば判る」結局福沢はそれだけ云った。

この演劇の特異なところは、異能者の存在についてまで言及《げんきゅう》したきわめて珍《めずら》しい演劇であるところだ。異能者の存在を明かすことが禁じられている訳ではないが、異能者の存在には暗い影《かげ》がつきまとう。大戦の影響《えいきょう》で合法的に職務に携《たずさ》わる異能者は数を減らし、その多くは世間に関わらないか、あるいは黒社会に所属している。さらには国内異能者を管理する政府特務機関の存在もあり、下手《へた》に喧伝《けんでん》すれば問題になる。そのため、異能者というものが噂《うわさ》やお伽噺《とぎばなし》ではなく実際に存在していると知る者は、決して多くない。

その不可触領域《アンタッチャブル》である異能者を、堂々と演劇のテーマに持ってくるのは異例のことだ。そういった状況《じょうきょう》であるため、劇中では丁寧《ていねい》に——しかしあくまで空想《フイクション》として——異能者についての解説があった。

曰《いわ》く、一個人につき一能力。

曰く、本人が自覚し意図的に操《あやつ》れるものもあれば、制御《せいぎょ》不能に自動発動するものもある。

曰く、生来の異能者もいれば、ある時突然《とつぜん》異能が開花する場合もある。

曰く、異能がそれを所持する本人を倖《しあわ》せにするとは限らない。

舞台の上の登場人物たちは、その異能者を探していた。一人また一人と仲間が欠けていき、誰《だれ》も信じられない疑心暗鬼《ぎしんあんき》にかられながらも、一縷《いちる》の希望を求めて劇場をさまよった。

たった一人の異能者だけが、彼等の罪を赦すことのできる存在だったからだ。

劇中では、異能者とは天界を追われた元天使が、天界に戻《もど》ることを赦された姿なのだと説明された。元来天使が持っていた無限の能力の一部を取り戻し、神に再度の目通りを赦された存在。贖罪《しょくざい》を終えた新たな天使。それが異能者なのだという。

それはさすがに──創作だろうと、福沢は思う。仕事柄《しごとがら》、異能者には何人も遭遇《そうぐう》している。先刻秘書を殺した殺し屋も、おそらく異能者だ。でなくては縛《しば》られた状態で、しかも目隠《めかく》しされたまま、復讐《ふくしゅう》すべき相手に銃弾《じゅうだん》を撃《う》ち込むなどという芸当ができるはずがない。

あれが贖罪を終えた天使なのだとしたら、天界はずいぶんと渾沌《こんとん》とした場所になるだろう。

だが──この脚本《きゃくほん》を書いた人間が異能者について知っていたことは確かだし、それを劇場で上演したのには何か意図があるのだろう。

それが今回の殺人予告と関《かか》わってくるのだろうか。

Vと名乗った殺人者。

異能者を探し求める演劇。

福沢は観客のほうに視線を泳がせる。

誰も彼もが口を閉じ、一心に舞台上に視線を注いでいた。表情を作るのも忘れ、自分が自分であることも忘れて、演劇に見入っている。演劇の持つ力は、自分の肉体が今ここにあることを忘れさせてくれることだ。ここではないどこかに連れていってくれることだ。わざわざ代金を払《はら》い足を運んだ観客たちは、皆《みな》そのことを判っている。そのために来たのだ。舞台《ぶたい》演出の効果に、脚本の妙《みょう》に、演者たちの演技――特に主役たる村上青年の、魂《たましい》を絞《しぼ》り出すような迫真《はくしん》の演技に――搭乗《とうじょう》して、ひととき自分の肉体を離《はな》れる。それが劇を観るということだ。

だが、福沢はそういう訳にもいかない。今は自分の肉体を離れてしまっては困るのだ。意識を集中させ、観客に目を配る。

よもや犯人が、堂々と観客席でくつろいでいるとは思えないが……匿名《とくめい》の観客として入場するのは現場に忍《しの》び込む手段としては常套《じょうとう》だ。福沢は妙な挙動をしているものはいないか、途中《とちゅう》で不自然に席を離れるものはいないか、最前列から首を捻《ひね》って見回した。

暗闇《くらやみ》の中で目を細め注視すると、怪《あや》しい、とまでは行かないものの、演劇に熱中している訳ではない観客がちらほらと見て取れる。

子連れの主婦。恋人連れの若者。苦虫《にがむし》を嚙《か》み潰《つぶ》したような顔の老人。睡魔《すいま》に襲われうつらうつらしている中年女性。舞台上の俳優を見るでもなく、ただ館内を注視している外套《がいとう》姿の男。

最後の背広姿がわずかに福沢の気に掛《か》かった。

外見はとりたてて目立つところのない、ありふれた男だった。紺《こん》の背広に鍔《つば》のある丸帽子《まるぼうし》。丁の字形のステッキを片手に持っている。洋風の紳士《しんし》を思わせる出《い》で立ちだ。

何が気に掛かったのか判然としない。敢《あ》えて不審《ふしん》な点を挙げれば最前列の席にいること。背筋をまっすぐ伸《の》ばして微動《びどう》だにしないこと。痩《や》せぎすの外見に較《くら》べると外套がやや大きすぎること。

そう思って注視すると、その紳士風の外見に反して、観劇の視線が鋭《するど》すぎるようにも感じられる。俳優の内面まで見透《みす》かそうとするような、今にも獲物《えもの》に飛びかからんとするような、猛《もう》禽《きん》かあるいは豹《ひょう》のような視線。おおよそ劇の内容を楽しんでいる目ではない。

身を覆《おお》う外套は何か暗器を隠《かく》すためか。手に持つステッキは仕込み刀か。奴《やつ》が奇襲《きしゅう》に動いたとして、この位置から追いすがれるか。

福沢は静かに視線で距離《きょり》を測った。敵の取りうるあらゆる動作に対して、頭の中で立ち振《ふ》舞《ま》いを計算する。

と。

「ねえ、訊《き》いていい？」不意に乱歩が云《い》った。「このお客さん、皆お金を払ってこれ観に来てるんだよね？」

「上演中は静かにしろ」福沢はたしなめる。が、

「なんでこんな丸わかりな話を、お金払ってまで観に来るの？」

乱歩は当たり前のような顔をして訊ねた。

何となく——厭《いや》な予感がした。

「だってこんなの、オチまで丸わかりじゃない！　あいつが犯人だよ！　最初の五分で判るでしょ、こんなの！」

両隣《りょうどなり》の観客が小さくざわつく。だが乱歩は気にしない。

「最初の殺人の時主人公と一緒《いっしょ》にいられたのは、蠟燭《ろうそく》を使った時限式のトリックを使ったからだよ！　蠟燭が二本しかなかったの、おじさんも見たでしょ？」

乱歩の周囲が少しずつざわめきはじめる。舞台上の役者が、ちらりと乱歩のほうを見た。

「ああ、莫迦《ばか》だなあ！　今相談してるそいつが犯人なのに！　最初に撮《と》った写真、手元にあるでしょ？　あれ見たら一発で判るよ、ほら何モタモタしてんの？」

何人かの観客が小声で囁《ささや》き出す。何なのあの子供？　でも……え、あいつが犯人？　まさか。でも辻褄《つじつま》は合うんじゃない？

「おい」福沢は小さくたしなめる。しかし乱歩は止まらない。

「あー駄目《だめ》だね、全然駄目。次は荷捌《にさば》き室に行った二人が殺されるよ。さっき偶々《たまたま》、証拠《しょうこ》になりうる蜘蛛《くも》の巣を見ちゃったからね。ほら、その真犯人が今に理由をつけて部屋を離れるよ。地図を取ってくる、とか適当な言い訳でね。だからほら、逃《に》がしちゃ駄目だよ！」

乱歩が不満そうに足をバタバタさせる。ほぼ同時に、

「地図を取ってくる」

舞台上の人物が台詞《せりふ》とともに袖幕《そでまく》の向こうへと消えた。

「ほらー！　もう、苛々《いらいら》するなあ！」

ざわめきが徐々《じょじょ》に大きくなっていく。うそ、あの人犯人？　えでもすごく善《い》い人なのに、どうして？　恋人《こいびと》への言葉は嘘《うそ》だったの？

囁き声が客席を広がっていく。

福沢は胃痛が止まらない。

「そのくらいにしろ。云っていいことと悪いことがあるぞ」福沢がやや強く制止しても、

「なんで？　なんで皆こんな劇を観《み》るの？　すごく、すごく苛々するよ！」

乱歩の目は熱を帯びている。

「なんで？　僕には何も判《わか》らないよ、誰のことも判らない！　どうして大人はこうなの？　どうして世間はこうなの？　誰も説明してくれない！」

乱歩は叫《さけ》んだ。

その叫びは、今刹那《せつな》的に考え出されたものではない。

長い間乱歩の胸の中に降り積もり折りたたまれた疑問と鬱屈《うっくつ》が、呼び水を得て迸《ほとばし》っているのだ。

「皆が何を考えてるか判らない、怖《こわ》いよ、怪物《かいぶつ》に囲まれてるみたいだ！　そう云っても誰も僕のことを判ってくれない！　判ってくれる父上と母上は死んでしまった！」

それは絶叫《ぜっきょう》だった。

この世のどこへともつかない場所に向けられた慟哭《どうこく》だった。

舞台の上では、主人公がどこにもいない異能者に向けて救済を願う台詞を云っている。それに重ねるように乱歩が叫ぶ。

「異能者がいるなら助けてよ！　天使がいるなら助けてよ！　どうして僕は独りなんだよ！どうしてこんな怪物の国で、独り生きていなくちゃならないんだよ！」

「止《や》めろ！」

福沢は両手で乱歩を摑《つか》んだ。

敵愾心《てきがいしん》むき出しの目で、乱歩が福沢を睨《にら》みかえす。

「教えてやる。お前が納得《なっとく》できる答えを話してやる。だから止めろ」

「…………」

乱歩は答えない。

ちょうどその時、舞台が暗転した。ぽつぽつと観客席の照明灯が点《とも》る。

「これより十五分の休憩《きゅうけい》と致《いた》します。後半の上演は六時二十分より——」

館内の放送が観客席に響《ひび》く。

福沢は進行表を思い出した。そういえばこのあたりの時間で、休憩と手洗いの時間が用意されていたはずだ。客席がざわめき、ぽつぽつと人影《ひとかげ》が席を立ちはじめる。

「来い」

福沢は乱歩の手を引く。乱歩は不機嫌《ふきげん》に目を逸《そ》らしたまま動こうとしない。

「来い！」

乱歩を無理矢理《むりやり》に立たせ、福沢は少年を引きずるように歩いていく。


ロビーの休憩席、人混《ひとご》みから離れた壁際《かべぎわ》の四角い座席。

乱歩はふてくされて座っている。その正面に福沢が立っている。

乱歩はいかにも不服そうに、自分の服の裾《すそ》を弄《いじ》っている。福沢はそんな乱歩を無言で見下ろしている。

二人はその姿勢のまま、たっぷり五分は沈黙《ちんもく》していた。

「いいよ」やがて乱歩が、沈黙に耐《た》えかねたようにぼそりと呟《つぶや》いた。「叱《しか》れば？　仕事でいっもいろんな人にこうやって叱られてたから、だいたい判るよ。何て云われるかも」

「自覚はある訳か」福沢は低い声で云った。

「叱られることをしたから叱られる。それなら少しは気が楽だよ。判りやすいもの」

「……そうだな」

福沢は考える。自分はこの少年に何か教えてやれるような人間ではない。福沢はずっと、誰《だれ》かを教え導くような場面を避《さ》けて生きてきた。

そのことを今、初めて後悔《こうかい》している。

何か云わなくてはならない。

この少年は今、崖《がけ》から落ちるすれすれのところにいるのだ。

「両親について聞かせてくれ」福沢は言葉を選ぶようにして云った。「お前の御両親は、お前の才能について、何か云っていたか？」

「才能？」乱歩は眉《まゆ》をひそめた。「そんなのがあったら今、仕事でこんなに苦労してないよ」

「では……お前の将来について、何か云っていたことは？」

「ええ？……父上は口癖《くちぐせ》でたまに『将来お前は私や母さんを越《こ》え、他人に賞賛される人間になるだろう。しかし今はその時ではない。謙虚《けんきょ》に沈黙しなさい。図に乗らず、ただ見て、沈黙し、知ってしまったことで誰かを傷つけないようにしなさい』……だったかな。よく意味判んないけど」

やはりか。

福沢は静かに頷《うなず》いた。

やはり父君は判っていたのだ。乱歩に非凡《ひぼん》な才能があると。観察し、記憶《きおく》し、真実を一瞬《いっしゅん》で見抜《みぬ》く特別な技能があると。

そしてそれを封印《ふういん》したのだ。

乱歩が道を踏《ふ》み外さぬように。誰かを傷つけ、世界を敵に回さぬように。十分な分別と知識を得て成熟するまで、普通《ふつう》の人間として正義と美徳を学べるように。

それは保護だった。非凡な才能を奇妙《きみょう》な世界から守るための、透明《とうめい》な繭《まゆ》だった。

乱歩を普通の人間として育てる。それはどれだけ驚異《きょうい》的な所行だろうか。乱歩から見える世界が当たり前であり、何ひとつ常識から外れたところのない普通であると思い込ませることが、どれだけ困難を極《きわ》めるだろうか。

それを乱歩の両親はやってのけた。二人が持つ超越《ちょうえつ》的な頭脳で。

一体それを、愛以外の何と呼ぶことができるだろう。

そして二人は——乱歩が正しく成熟し十分な硬度《こうど》で世界に立ち向かえるようになる、その遥《はる》か手前で、引きちぎられるようにしてこの世を去った。

後には繭を破り剝《は》がされた、未成熟な天才の幼虫だけが残った。

福沢の握《にぎ》る手には汗《あせ》がにじんでいた。どれほど強敵との立ち合いであっても、これほど相手を恐《おそ》れはしない。繭を失った乱歩は、今まさに外界に潰《つぶ》される寸前なのだ。わずかでも力の入れ方を間違《まちが》えば、取り返しのつかないことになる。

福沢はためらいながらも、口を開いた。

「お前には——特別な才能がある。観察し推理する才能だ。俺がかつて何の仕事をしていたか、見破った人間は誰もいない。社長殺しの真犯人も、お前以外誰も見抜けなかった。お前は特別だ。乱歩。その気になれば御両親よりも、もっと偉《い》大《だい》な人間になれるだろう」

「そんなのありえない」乱歩は一言で切り捨てた。「父上と母上はすごいんだ。そのさらに上なんて存在しないよ。父上も母上も、僕が特別で才能があるなんて一言だって云《い》ったことない。僕にそっちのほうを信じる」

頑《かたく》なだ。

両親の築いた防壁《ぼうへき》は厚い。その壁《かべ》はこれまで乱歩を世界から——乱歩を理解できない、恐るべき凡人《ぼんじん》たちの世界から——守ってきた。

だがその防壁のせいで、乱歩は今、外の世界へ出られずにいる。

「さきほどの演劇で、お前は劇中の犯人を云い当てたな」福沢はなおも言葉を繫《つな》ぐ。「あの犯人をあの時点で当てられたのは、おそらく観客でお前だけだ。俺も台本の結末を読むまで判《わか》らなかった」

「ええ？」乱歩はあからさまに不審《ふしん》そうな顔をする。「嘘《うそ》でしょ。だって僕でも判ったんだよ？　大人が判らない訳ないじゃない」

議論が堂々巡《どうどうめぐ》りしている。自分が特別ではないと思っているから平凡《へいぼん》な他人を理解できない。他人を理解できないから両親の云う通り自分は特別ではない。それは相互《そうご》に手を結んで完結した強固な論理《ロジック》であり、全く新たな何かを照射しなければ突《つ》き崩《くず》せない。

全く新たな何か。

有無《うむ》を云わせず納得させる、乱歩がこれまで考えもしなかったような新要素。

「聞かせてくれ」福沢は辛抱強《しんぼうづよ》く云った。「お前は、周りの人間が愚《おろ》かだと思ったことはないか？　実は何も判っていない阿呆《あほう》共なんじゃないかと一瞬でも疑ったことはないか？」

「…………」

乱歩は疑い深い目で福沢を流し見た。それから間を置いて答えた。

「……ある」

「それだ。それを信じろ。お前が特別で、他《ほか》の人間は愚かなのだ。俺も含《ふく》めてな。お前が独りなのは、お前に才能があるからだ。それを活《い》かせ。その才能があれば、お前にできぬことなどない」

「おだてて操《あやつ》ろうとしたって無駄《むだ》だよ」座っている乱歩はついっとそっぽを向いた。「他人を愚かと思うなって母上が云ってた。第一僕だけが特別なんて、どうしてそんなことが起こるのさ。都会にはこんなに沢山《たくさん》人がいるのに、どうして僕だけが」

「それは……」

後少しのところまで来ている。

ここで間違う訳にはいかない。

決断の時が近づいていた。福沢は饒舌《じょうぜつ》な人間ではない。弁舌《べんぜつ》で他人を操るタイプでもない。ここに至っては、残された福沢の手札はもう一枚しかない。

誠実さだ。

「お前の云った通りだ」福沢は云った。「かつてこの腰《こし》には刀剣《とうけん》があった。政府系の武術流派を幼少から修めた俺は、政府に列する士人でも〝五剣《ごけん》〟と呼ばれる剣客《けんかく》だった。我が剣は国家安寧《あんねい》の為《ため》に在り、と本気で思っていた。——だから人を斬《き》った」

福沢は遠くを見ながら語る。乱歩はそんな福沢の表情を注視している。

「暗殺はあまりに容易だった。技倆《ぎりょう》の差は圧倒《あっとう》的で、苦戦など全くの無縁《むえん》だった。恐ろしくなったのは、次に人を斬る任務を受けるのを心待ちにしている自分に気づいた時だ。国のために斬るのか、斬る瞬間《しゅんかん》のために斬るのか、自分の内心が覗《のぞ》けなくなった時だ。その時から二度と剣は持たぬと決めた」

福沢は坦々《たんたん》と話した。

何故《なぜ》自分はこんな話をしているのか。

これまで誰にも決して語らなかったことを、こんな子供相手に。

だが言葉は縷々《るる》として止まらず、胸の奥底にあったものを福沢は吐《は》き出し続ける。

「力は制御《せいぎょ》されねばならない。制御できぬ力は棄《す》てねばならない。お前が自分の才能を見て見ぬ振《ふ》りをするのなら、それは流血を求めて刀を振るうかつての俺と同じだ。両親のなき今、お前は自分でその力に気づかねばならないのだ」

弁舌の才が欲しかった。

群衆を沸《わ》き立たせる口八丁ではない。民草《たみくさ》を煽動《せんどう》する巧言令色《こうげんれいしょく》でもない。ただ目の前の幼い子供に単純な事実を理解させるだけの、小さな嘘を操る力が欲しかった。

「おじさんの云ってることは判るけど」座った乱歩は、福沢を睨《にら》みつけるようにじっと見た。「だったら教えてよ。僕は何？　父上と母上の云っていたことは何？　今の僕がこうしている理由を、しっかりすっかり理解させてよ。そうしたら信じるから」

乱歩はもはや拗《す》ねていない。その代わり、本気で答えを聞きたがっていた。それはこれまでになかったことだ。

教えてやれるのは自分しかいない。

——間もなく上演を再開いたします。ご観覧の皆様《みなさま》は客席までお戻《もど》り下さい。

館内放送が流れた。わずかにいた人々が、席へと戻るべく歩いていく。乱歩がちらりと人波に目をやった。

時間がない。この機を逃《のが》せば、乱歩は二度と答えを求めてはくれないだろう。

「それは」

福沢は口を開き、そして止まる。

何でもいい。何かないのか。次の言葉は。

最後の切り札であった誠実さもついに尽《つ》きた。

弁舌や説得は苦手だった。嘘はもっと苦手だ。

その時——乱歩が丸めて握っていた台本がふと目に入った。

劇団から貰《もら》っていたが、面倒《めんどう》だからと云って乱歩がすぐ読むのをやめた台本だ。

ほとんど反射的に、福沢は口を開いていた。

「異能者だ」

乱歩はきょとんとした。

「……は？」

「異能だ」福沢は云った。自分が何を云っているのか、ほとんど意識しないままに。「お前が特別なのは、お前が異能者だからだ。両親が死んだ時、お前は異能に目覚めたのだ。そう——なのだ」

「異能？……なんで？」

乱歩は本気で理解できないという顔で目を白黒させている。

福沢はほとんど生まれて初めての経験をすることになった。すなわち——自分が何を云っているかも判らず、兎《と》に角《かく》思いつく限りに口を動かし続けるという経験を。

「だからお前は異能者なのだ。その能力は『一瞥《いちべつ》しただけで真実を見抜《みぬ》く能力』。演劇で云っていただろう、世には異能の力を持つ人間が存在すると。そして異能が当人を倖せにするとは限らないと。お前が苦しいのは、他人が怪物《かいぶつ》のように映るのは、お前の異能の所為《せい》だ」

「……？？？」

乱歩が当惑《とうわく》している。瞬《まばた》きを繰《く》り返して静かに混乱している。

「お前は異能を制御しなくてはならぬのだ」

こんな時、福沢は自分の日頃《ひごろ》の鍛錬《たんれん》に感謝した。

自分でも何を云っているのか判らない。心臓が早鐘《はやがね》を打つ。手はじっとりと冷や汗をかいている。

しかし福沢の表情は至って平静。まるで日常と同じ、新聞の文字を読み上げてでもいるかのうような、平坦《へいたん》で平常の表情だ。

真剣《しんけん》による立ち合いでは心の隙《すき》が即《そく》命取りに繋《つな》がる。視線を読まれて機先を制されてはならない。だから自然、どのような苦痛や怯懦《きょうだ》の中であっても、表情は今の福沢のような平静を保つことが要求される。

つまり今の福沢の顔は——強がりの表情なのだ。

「お前は異能者であるが故《ゆえ》に特別だ。その証拠《しょうこ》に、これからその異能を制御する方法を教えてやる。あるもの、の助けを借りれば、お前は自在に異能を発動できる。これでお前は自分を不幸にしかねない異能を制御する方法を身につけることができる」

「……？？　あるもの、って……？」乱歩は首を傾《かし》げすぎて躰《からだ》が斜《なな》めに傾《かたむ》いている。

何も考えていなかった。

福沢は視線を泳がせて切っ掛《か》けを探した。

何でもいい。何かないか？

何か乱歩の気を集中させられるもの。何か——。

懐《ふところ》の感触《かんしょく》がかすかに手に触《ふ》れた。

そうだ。

「これだ」福沢は懐からそれを取り出した。

「……何それ。眼鏡《めがね》……？」

「京の都にて、さる高貴な血筋の方から下賜《かし》された装飾品《そうしよく》だ」嘘《うそ》だ。近所の雑貨具屋の売れ残りだ。「これを身につけるとお前の異能が発動し、たちどころに真実を見抜くことができる。逆に掛けていない時は他人の愚《おろ》かさも気にならなくなる。これをお前に与《あた》えよう」

「……はあ……」

なんだか判《わか》らない、という顔で乱歩は黒縁《くろぶち》の眼鏡を受け取った。

「どう見ても安物の眼鏡だけど……」

大当たりだった。

「異能の存在をつい先程《さきほど》まで知らなかったお前に、そう見えるのも無理はない」

そう云《い》って、福沢は息を静かに吸った。

「はあ。……これを掛けるの？」

乱歩が眼鏡の蔓《つる》を開き、首をすくめながらこめかみに装着しようとした、その瞬間を見計らって。

「喝《かつ》!!」

福沢の怒声《どせい》が響《ひび》き渡《わた》った。

乱歩はほとんど瞬間的に、意識を刈《か》り飛ばされた。

遠当てだ。それも先程とは規模も指向性も異なる。明確に乱歩の精神を狙《ねら》って放たれた、本来なら命の奪《うば》い合いの最中で用いられる一撃《いちげき》だ。相当の武術を修めた者であっても、頭が真っ白になり躰の制御がきかなくなる。まして乱歩のような子供がまともに食《く》らってはひとたまりもない。

乱歩は眼鏡を掛ける直前の姿勢のまま気絶した。椅子《いす》に倒《たお》れ込む。

その拍子《ひょうし》に眼鏡がすぽっと顔に嵌《は》まった。

「……は……」

数秒あって、乱歩は意識を取り戻した。天井《てんじょう》を見上げたまま、目をぱちくりさせる。

「見よ。世界が見違《みちが》えるようだろう」福沢は云った。

「へ……？　今一体……これが異能を制御する……？　何も変わらないような……いや、違う……？　違わない……？　なんか頭がふわふわするんですけど……」

「眼鏡がお前を受け入れた」福沢は重厚《じゅうこう》な声で頷《うなず》く。その表情は霊峰《れいほう》に棲《す》む仙人《せんにん》そのもの。だが内心では密《ひそ》かに、自分の台詞《せりふ》のあまりに宇宙的な突拍子《とっぴょうし》のなさにくらくらしていた。

「これで異能の力を制御せよ。今日この時よりお前は異能探偵《たんてい》・江戸川乱歩だ。異能で真実を切り裂《さ》け。闇《やみ》に隠《かく》れた悪を薙《な》ぎ払《はら》え。お前にはそれができる。お前は世界一の名探偵なのだから」

「……ほあ……め、名探偵……？」

「そうだ。名探偵だ」

生まれたばかりの雛《ひな》に刷り込みを行うように、福沢は復唱する。

「今や何もかも明確ではないか。世間は恐《おそ》ろしくも何ともない。他人は怪物ではない。お前より莫迦《ばか》なだけだ」

乱歩は息を止めた。

眼鏡の縁《ふち》をなぞりながら、何かを考えている。

「でも……いや、そうなの……？　あの時も、あの時も、あの時もあの時も、ただ全員莫迦だっただけ？　何も判ってなかっただけ……？」

「そうだ。いいか乱歩、よく聞け。世間はただ愚かなのだ。ものの見方を知らない、首の据《す》わらぬ幼児なのだ。誰《だれ》もお前に悪意など持っていない。幼児が誰かを憎悪《ぞうお》するか？　混乱させようと罠《わな》を仕掛《しか》けるか？」

「……いいや」

乱歩はがくりと項垂《うなだ》れて呟《つぶや》いた。

「あれも……これも……今までの苦しみは全部……云われてみれば……そうか……」

乱歩は背を丸めてうつむいた状態から、ゆっくりと顔を上げた。

時間を掛けて。

繭《まゆ》を破るように。

「そうか。そうだったんだ。誰も僕を憎《にく》んでいなかった」

「そうだ」

乱歩は急に立ち上がった。

表情が、はっきりと満面の笑《え》みの形をつくる。

どこかで、目に見えない切替器《スイッチ》が入るかちり、という音が聞こえた気がした。

「あっはっはっはっは！　あっはっはっはっはっはっはっはっは！　そうか、皆《みな》幼児だったのか！　そう、もちろんそうに決まっている！　世界は少しも気持ち悪くなんかない！　ただ粛々《しゅくしゅく》と、当たり前に、ふんわりと愚かなだけだ！」

乱歩は嬉《うれ》しそうに笑う。背筋を伸《の》ばして。その全身から、生まれたての日の出のような圧倒《あっとう》的で輝《かがや》く力場を放射させながら。その表情は福沢がこれまで見たこともないほど明るく輝いている。誕生の喜びに満ちている。

そして宣言した。

「愚かな幼児ならば――守ってやらなくては！」

乱歩は急に福沢を振《ふ》り向いた。

「おじさん！　先に劇場に入っていてよ！　僕にはやることがある、今ならまだ殺人を防げるかもしれない！」

「――何？」

「予告は実現する、殺人は必ず実行される！　それはもうはっきりと露骨《ろこつ》すぎるほど明確なんだ！　それを逆に利用するんだよ！　だから先に行って！　おじさんには現場の一番近くにいてもらわないと駄目《だめ》だから！」

乱歩は福沢の背をぐいぐいと押す。福沢には訳が判らない。乱歩を説得すべく詭弁《きべん》を弄《ろう》していたはずが、いつの間にか巨大《きょだい》な分水嶺《ぶんすいれい》を越《こ》えたらしい。だがいきなり何だ？

殺しは間もなく起こる？

「おい、だがそれでは」

「いいからいいから！　いいからいいから！」

乱歩はなおも福沢の背を押す。福沢はいきなり状況《じょうきょう》の主導権を失い、抵抗《ていこう》らしい抵抗もできないまま劇場のホールのほうへと押しやられていく。

だが――もし本当に殺人が起こるのだとすれば、乱歩を独りにしておくのは危険ではないか？

ちょうど開演の本鈴《ほんれい》が鳴った。

「僕にはもう見えてるんだよ、敵の狙いも計画も全部！　だから僕は大丈夫《だいじょうぶ》、先に行って、観客の動きを見ていて欲しいんだよ！」

福沢は迷った。乱歩がやる気になったのは結構だが、もし乱歩の云う通りならこの劇場の中に殺人犯が潜《ひそ》んでいることになる。その犯行を阻止《そし》する行動が危険でないはずがない。

乱歩の表情を見る。

その表情には力がある。乗り越えたものの顔だ。人生に何度もはない、巨大な壁《かべ》であり山であり束縛《そくばく》である何かを乗り越えたものの顔だ。

ならばこれは、壁を乗り越えたものの最初の仕事ということになる。

信じてやらねば——無礼にあたるだろう。

「判った。だが気をつけろ」福沢は頷いた。

「大丈夫！」乱歩はよく通る声で云った。「だって僕は愚かな人たちを守る、世界最高の名探偵だからね！」

福沢は一人で暗い劇場ホールに足を踏《ふ》み入れた。

立て続けに柄《がら》にもないことをしたために、何やら頭が重い。

自分のしたことが正しかったのか、今ひとつ自信がない。他人のために一歩踏み込んで無理を通すなどということは、この数年全くの無縁《むえん》だったのだ。数日後には、実はとんでもない間《ま》違《ちが》いをしでかしていて、乱歩を徹底《てってい》的に損《そこ》なう嘘《うそ》を吐《つ》いたのだと気づくかもしれない。今のところは何とも云《い》えない。

だが、乱歩の笑顔はあまりに輝かしかった。

今のところは、それを正しかった根拠《こんきょ》とするしかない。

福沢は客席通路を歩きながら周囲を見渡《みわた》した。既《すで》に開演しているため、観客は誰もが舞台上に視線を向けている。舞台《ぶたい》奥には白いスクリーンがあり、背景となる風景を映し出している。この演劇では机や棚《たな》など舞台上の大道具は実物が用意されるのだが、補助的な背景は書割《かきわり》ではなくスクリーンに投影《とうえい》された映像で表現される。経費と手間の削減《さくげん》のためなのだろうが、その映像自体が流砂《りゅうさ》のように時折歪《ゆが》むことで舞台効果の一部を担《にな》っていた。

今そのスクリーンの前には、主人公である村上青年が立ち、一人虚空《こくう》に向かって演技をしていた。

虚空に訴《うった》える嘆《なげ》きの演技だ。殺戮《さつりく》を続ける天使に対して訴えている場面らしい。

乱歩の云う通りなら、この演劇のどこかの時点で殺人が実行される。現場に一番近い場所にいろ、と乱歩は云った。それを信じるなら、現場とはここ、目の前の舞台上ということになる。

だが何百人もが見ている目の前で、犯人は堂々と犯行に及《およ》ぶだろうか？　その方法は？

入場時に所持品検査をしているので、銃《じゅう》などの持ち込みは不可能だ。吹《ふ》き矢でも隠し持つか？　それでも舞台上まではかなりの距離《きょり》がある。戦国時代の忍者《にんじゃ》並みの腕前《うでまえ》が必要だ。

では舞台上に駆《か》け込んで直接犯行に及ぶか。ならば最前列の福沢が阻止に走れるのだから、かえって好都合だ。

いずれにしても、ここが正念場だ。ここで今まさに何かが起ころうとしている。観客の動きから片時も目を離《はな》せない。

福沢は耳を澄《す》ました。話をする観客はいない。聞こえるのは身じろぎと咳払《せきばら》い。最も大きいのは勿論《もちろん》、舞台上の青年の声だ。

「我等を赦《ゆる》せ、光輪の戦《いくさ》天使！　さもなくばその姿を下界に顕《あらわ》せ！」

村上青年は、舞台上の中心で叫《さけ》んでいた。長年の放浪《ほうろう》でくたびれ果て疲《つか》れ切った人間という設定のため、貫頭衣《かんとうい》のような衣装《いしょう》はすり切れ薄汚《うすよご》れている。だがその目は届かぬ慟哭《どうこく》にらんらんと輝いており、まるで生命力の塊《かたまり》だ。

「僕の命など惜《お》しくはない、だから裁きを代行するのならばまず僕の胸を貫《つらぬ》け！　かつて僕のものであったその天剣《てんけん》で！」

福沢は客席へと歩きながらその演技を見る。『演劇を極《きわ》めるためなら他人の命を奪《うば》う』など と不遜《ふそん》な物言いをしていただけのことはある。彼の演技は頭ひとつ抜《ぬ》けている。魂《たましい》が破けたかのような慟哭。今にも血の涙《なみだ》を流しそうな瞳《ひとみ》。嘆く声には色気があり、台詞《せりふ》よりも台詞と台詞の間をもって観客に訴えかける。楽屋で見たあの不遜な若者の影《かげ》はどこにもない。表情が違《ちが》う。細かな癖《くせ》が違う。よく似た双子《ふたご》だと云われれば信じてしまいそうだ。

村上青年が両手を掲《かか》げる。

「判《わか》っているぞ、お前が姿を顕さない理由を！　お前は僕だけを殺さず残すつもりなのだろう？　斃《たお》れていく仲間が互《たが》いに猜疑《さいぎ》し、人間の持つ醜《みにく》さで憎しみあうのを、僕に見せたいのだろう？　ならば暴《あば》いてやる、お前の罪を！　天界へと至る鍵《かぎ》を見つけ、辺獄《へんごく》の氷河より醜きその嫉妬《しっと》の罪を白日の下に晒《さら》っ」

村上青年の台詞が途切《とぎ》れた。

胸を刃物《はもの》が貫いている。

腕《うで》ほどの長さの白い刃物だ。胸板《むないた》から突《つ》き出している。衣装が捩《ねじ》れるように貫かれて裂《さ》けている。

刃《やいば》が引っ込む。ごぼっ、と音がして胸から鮮血《せんけつ》が噴《ふ》き出た。

前のめりに倒《たお》れる。

誰《だれ》も動けない。反応できない。否《いや》——現実感が追いついていないのだ。誰もがまだ、これは演劇の続きだと思っている。

だが福沢は脳髄《のうずい》が痺《しび》れたように冷たくなった。

台本にこのような演出はない。

村上青年が倒れるとほぼ同時に、福沢は駆け出していた。

まっすぐ舞台へと疾走《しっそう》し、段差を軽く飛び越《こ》える。照明が輝《かがや》く舞台上へと躍《おど》り出て、村上青年へと駆け寄った。

村上青年は前のめりに舞台の上に倒れていた。背中の衣装も赤く染まっている。舞台の床《ゆか》を血液が広がっていく。

指先にその血液が触《ふ》れる。福沢はその感触《かんしょく》を確かめた。血液の触感《しょっかん》と臭《にお》いがどんなものか、福沢はよく知っている。これは演劇用の血糊《ちのり》ではない。本物の血だ。

村上青年の呼吸は既にない。顔は青白く、かすかに痙攣《けいれん》していた。腕を取る。心拍《しんぱく》はもうほとんど消えかかっている。背中の流血の位置からして、ここを刃物が貫通《かんつう》したのなら、間違いなく致命傷《ちめいしょう》だ。

だが――。

刃物はどこだ？

「救急車だ！」福沢は袖《そで》近くにいた役者に向けて叫んだ。「表にいる警官にも報《しら》せて、劇場を封鎖《ふうさ》させろ！」

観客席にざわめきが広がっていく。

何が起こった？　一体何をされたのだ？

福沢は周囲を見回す。舞台の周囲は事前に一通り調べてある。刃を飛ばす仕掛《しか》けなどなかったはずだ。

村上青年は刃物に胸を貫かれた。福沢が一瞬《いっしゅん》でも現れた刃物を見逃《みのが》すはずがない。だが凶器《きょうき》らしきものは周囲のどこにもない。まるで――

まるで見えない天使に刺されたかのようではないか。

『天使が演者を、真の意味で死に至らしめるでしょう』。

舞台上に凶器はない。うつぶせに倒れた村上青年の下も確認《かくにん》したが、ない。

ならば上か。

素早《すばや》く頭上を見上げる。キャットウォークとも呼ばれる天井架橋《てんじょうかきょう》の奥、一列に焚《た》かれた白色照明に遮《さえぎ》られてほとんど見えないが、金属の筐《はこ》のような四角い何かが光に反射するのがちらりと目に入った。何かの仕掛けか？　位置的には村上青年の真上だ。あそこから刃を落としたのか？

しかし一瞬見えた装置はすぐ天井の闇《やみ》に消えた。奥に誰かいる？　いや、それならばいくら薄暗《うすぐら》い天井近くでも見えるはず。では犯人は一体——。

不意に乱歩の台詞を思い出した。

——観客の動きを見ていて欲しいんだよ！

福沢は素早く振《ふ》り返った。

舞台上からは客席の隅々《すみずみ》までよく見渡せた。この状況《じょうきょう》に気づいている様子の顔はほとんどない。半分はなにがなにやら判らずぼんやりした顔であり、残り半分はいきなり演劇を邪魔《じゃま》して舞台に飛び込んだ福沢を不審《ふしん》そうに眺《なが》める顔だ。

この中に、いるのか？

「全員、席を立つな！」

福沢は一喝《いっかつ》した。

「これは演出ではない！　全員席を離れるな！　隣《となり》の人間を確認しろ！　逃《に》げる者、身を隠《かく》す者がいたら報告せよ！」

にわかにどよめきが起こる。不安が伝播《でんぱ》し、凍《こお》り付いたような客席の間を広がっていく。

警察――？　あの人何を云《い》ってるの――？　まさかこれって――でも――

その空気を破ったのは悲鳴だった。

「厭《いや》アァァァ！　時雄《ときお》ッ！」

舞台袖《ぶたいそで》から、狂乱《きょうらん》の声とともに女性がまろび出た。劇団の女優の一人、福沢たちが話を聞いた女性だ。叫びながら倒れた村上青年に駆け寄る。

「嘘《うそ》――嘘でしょ!?　そんな――厭ああああっ!!」

これまでの誰の声よりも甲高《かんだか》い声がホールを貫いた。それが契機《けいき》だった。客席の空気が演劇から現実へ、日常から非日常へと変転《シフト》する。何人かが共鳴するように叫ぶ。

「役者がさ、刺《さ》された！　殺しだ、殺人だあっ！」

「待て、動くな！」

何人かが我先にと出口へ駆け出す。福沢の声も届かない。

目の前で人が刺された。方法は判らない。そうである以上、観客が安全である保証はどこにもない——それが人間の直感だ。理屈《りくつ》ではない。

福沢は今度は舞台上から客席へと駆《か》け出した。この機に乗じて犯人が逃げる可能性がある。いや、殺人となればすぐ現場は封鎖される。犯人には今しか逃げる機会はない。

逃げる者が容疑者だ。

出口へと殺到《さっとう》する観客を掴《つか》んで薙《な》ぎ倒し、床に伏《ふ》せさせていく。だが出口を目指すものは増え続ける。混乱は止まらない。福沢は人波にもみくちゃにされながら、落ち着け、冷静になれと叫《さけ》び続ける。

混乱は客席を駆けめぐり、人間を動物の群れへと変えていく——。


悄然《しょうぜん》と福沢がロビーの休憩《きゅうけい》席に腰掛《こしか》けている。

劇場の様子は一変していた。劇場関係者と市警の応援《おうえん》ががやがやと行き交《か》い、深刻そうに話し込んでいる。

既《すで》に劇場の封鎖は完了《かんりょう》していた。応援の制服警官が建物自体を封鎖したのだ。ホールから逃げ出した観客も、劇場関係者の手で発見され連れ戻《もど》された。犯人が劇場内にいたとして、これで外部へ逃走《とうそう》することはできなくなったということになる。

劇場側の対応は素早かった。江川女史が万一の際の対応を全員に通達していたのだろう。刺された村上青年は救急車で運ばれた。だが間もなく、他《ほか》の役者から彼が搬送《はんそう》中に死亡したという話を聞いた。

致命傷だったのだ。福沢は村上青年の刺された瞬間《しゅんかん》を確かに見た。あの刃《は》幅《はば》、そして出血量。まるで不可視の剣《けん》で貫《つらぬ》かれたようだった。

一体何が起こっている――。

福沢は一人眉《まゆ》を寄せる。乱歩はどこに行ったのだ。上演再開前に姿を消して以降、乱歩の姿が見えない。殺人を止める、と意気込んでいた乱歩と別れてわずか数分の後の凶事《きょうじ》だ。さしもの乱歩も間に合わなかったのか。確かにあの期間では、対応できるような時間はほとんどなかっただろう。

だが、ならば何故《なぜ》その後乱歩は姿を見せないのか。

福沢は厭な予感が胸中に重くのしかかるのを感じた。

もし。

乱歩が犯人に追いつけなかったから殺人が起こった、のではなかったら。

乱歩は持ち前の頭脳で犯人に追いつき、そこで何かが起きたのだとしたら。

乱歩は犯行を止めようとしていた。つまり犯人の邪魔をしようとしていた訳だ。それはとりもなおさず、犯人にとって乱歩が邪魔な存在となったことと同義である。

刃物《はもの》。流血。たった一人で殺人犯に向かった、暴力に抗《こう》する術《すべ》など知らぬ少年。

やはりじっとしてなどいられない。ロビーにいれば戻ってくるかと思い待っていたが、ここは乱歩を捜《さが》すべきだ。

福沢は立ち上がり歩き出した。それほど遠くに行く時間はなかったはずだ。まずは館内で目《もく》撃《げき》情報を捜さなくては。

福沢は劇場の見取り図を頭に浮《う》かべた。

建物の出入口は三つ。観客が出入りする正門入口、役者や劇場関係者が出入りする楽屋入口、そして舞台《ぶたい》機材が搬入《はんにゅう》される搬入口だ。

正門入口はロビーを抜《ぬ》けて劇場ホール、券売所などに通じる。楽屋入口は楽屋、リハーサル室、事務室や会議室に通じる。そして搬入口は荷捌《にさばき》室、倉庫を抜けて劇場舞台裏に通じている。

この三つは行き来が不可能ではないが、基本的には隔離《かくり》された空間だ。観客の領域と劇団の領域が棲《す》み分けられている訳だ。

乱歩が消えたとなれば、この三つのうち最も人目のない荷捌室、倉庫近辺が怪《あや》しい。正門入口には観客以外の出入りがちらほらとあるし、楽屋近辺には出番を待つ役者たちの目があるからだ。さらに荷捌室や倉庫はあの不可解な殺人が起こった舞台上にほど近い。何か遠隔《えんかく》殺人の仕《し》掛《か》けを用意するなら、そして乱歩がその阻止《そし》に走るならここである可能性は高い。

福沢は劇場ホールの観客席を抜け、舞台へと向かった。

観客席には不安げな顔の観客が座らされ、ざわつきながら事態の推移を待っていた。一時の混乱は去ったようだが、まだ非日常のただ中にいる不安さは拭《ぬぐ》えない。何人かの劇場関係者が、座る観客に一人一人聞き込みをし、何か見ていないか、いなくなった人間はいないか確認している。

犯人はこの中にいるのか。あるいは劇団員の誰《だれ》かか。あるいは劇場関係者か。一人一人胸倉《むなぐら》を摑んで尋問《じんもん》したい衝動《しょうどう》をこらえ、福沢は殺害現場を抜け、舞台裏へ向かった。

舞台の裏はがらんと広く、木箱に木の板、照明具が並んでいる。床《ゆか》を這《は》う二本の鉄線は、セットを素早く運ぶための軌道《レール》だろう。

福沢は舞台から天井のほうを見上げた。事件発生時、最初に駆けつけた福沢は照明の向こうに何か金属の筐を見た。あれがもし、上から刃物を落下させる遠隔式の装置だったのなら、あの不可解な殺害方法にも説明がつく。

だが天井架橋《てんじようかきよう》には何もなかった。念のため舞台裏も捜したが、何もない。あの時見えた四角い反射は見間違《みまちが》いか？　あるいは殺害後すぐに犯人が撤去《てつきよ》したのか。しかし刃物を落とし、すぐまた引き上げるような大掛《おおが》かりな器具を持ち去るのであれば、それなりに手間も掛かる。誰かがそんな荷運び作業をしていれば、必ず福沢の目にとまったはずだ。

さらに奥へと進もうとした時、ロビーのほうがにわかにざわつきはじめた。警官が走ってきて、舞台の近くにいた劇場関係者に慌《あわ》てた様子で何か囁《ささや》いている。

「おい、どうした」

福沢が近づいて訊《たず》ねると、青白い顔をした制服警官は福沢の顔を憶《おぼ》えていたらしく、それが、と早口で云った。

「と――逃亡者《とうぼうしや》です。観客が一人消えました！」

「何⁉」

ロビーで警官数人が不安げな様子で話し合っている。お互《たが》いの控書《ひかえしよ》を突《つ》き合わせ、状況《じようきよう》を確《かく》認《にん》しあっているらしい。

「おい」福沢が足音を立てながら近寄って声を掛けると、警官の一人が顔を上げた。

「ああどうも用心棒の先生。お疲《つか》れ様です」

用心棒の先生……。その通りなのだが、古い時代劇の悪役のようで厭《いや》だ。

とはいえ今は呼称《こしよう》に注文をつけている場合ではない。福沢は単刀直入に訊ねた。

「観客が逃《に》げたと聞いたが」

「ええそうなんです、困ったことです」警官は自分の頬《ほお》をぐるぐると撫《な》でた。「断っておきますが、我々の封鎖《ふうさ》そのものは完璧《かんぺき》だったのです。建物からは誰も出られません。まあ手洗いとか、具合が悪いから医務室にとかは許可してますから、客席を立つこと自体は問題ないです。でも」

「席に戻ってこない人間がいるのか」

「そうです。席にもいないし、手洗いを調べてもいません。他の場所にも、どこにもいません」

「その客の人相と座席は」

警官は手元の座席表を使って位置を指し示した。最前列の席だ。

「外套《がいとう》、紺《こん》の背広に丸い帽子《ぼうし》、紳士《しんし》風の中年男性です。劇場側によると、足が悪いのか木製のステッキを持っていたとか」

福沢はすぐに思い至った。

——あの男だ。

最前列で一人、役者を注視していた紳士風の男。福沢の意識に妙《みょう》に引っ掛かった男だ。

「予約の記録によると名前は浅野《あさの》匠頭《たくとう》。三十五歳。連れはなく一名での予約ですね」

浅野匠頭？——浅野内匠頭《あさのたくみのかみ》か。

「偽名《ぎめい》だ」福沢は即座《そくざ》に云《い》った。「くそ、俺がもっと奴《やつ》に注意を向けていれば」

一度は怪しんだ相手だ。だが乱歩への説得、その後の殺害と立て続けに事態が急変し、観客への注目が疎《おろそ》かになっていた。

「そいつはいつから席を離《はな》れていた？」

「上演開始の時は席にいたという確認が取れています」警官は控書をめくりながら答えた。「ですが後半上演の時は全員の着座を確認している訳ではありませんから、その時点からいなかったのかも」

後半——村上青年が殺害された時だ。

つまり、殺害の瞬間席を離れていて、何かの装置を操《あやつ》っていた可能性はある訳だ。

福沢は思い出そうとした。舞台上に駆《か》け上がった時のことを。振《ふ》り返り、客席を見渡《みわた》した視界の中に背広の男がいたかどうか。

どうだった。

福沢は舌打ちした。思い出せない。あの時福沢が注視していたのは出口だ。真っ先に逃げるものが犯人と疑い、そちらにばかり気を取られていた。客席の最奥《さいおう》にある出口を睨《にら》むあまり、最前列の観察が疎かになっていた。

福沢は思う。乱歩ならあるいは、一瞥《いちべつ》しただけで誰がいないか瞬間《しゅんかん》的に記憶《きおく》し在不在を見抜《みぬ》けたかもしれない。

——観客の動きを見ていて欲しいんだよ！

乱歩の言葉を思い出す。

あの時乱歩は、理解していたのかもしれない。観客の中に犯人がいると。だから福沢にああ云ったのではないか。ならば自分の明らかな手落ちだ。

背広の紳士が消えた。そして乱歩も消えた。

真逆《まさか》、乱歩は奴に——。

「俺は建物内を捜索《そうさく》する。何かあれば連絡《れんらく》をくれ」

はい、と答える警官に背を向け、福沢は早足で歩き出す。

自分の責任だ。福沢は歯噛《はが》みする。自分が乱歩をけしかけたのだ。その結果乱歩は単独行動を起こし、姿を消した。本来ならば殺人の阻止も乱歩の保護も、すべて自分の任務であったはずなのだ。

どれほど乱歩の頭脳が優《すぐ》れていようと、乱歩は護身の術を持たぬただの子供だ。お前が犯人だと真実をつきつけても、その犯人に逆上され殴《なぐ》られては勝ち目などない。どれほど乱歩が頭脳明晰《めいせき》な名探偵《めいたんてい》であろうと、単独では力を発揮できないのだ。乱歩の盾《たて》となって暴力を弾《はじ》き、犯人を懲《こ》らしめ、安全に推理を行える環境《かんきょう》を整える武力がなければ無意味だ。

探偵は武装されるい、い、い、必要があるのだ。

「ああ、ようやく見つけたわ福沢さん」

早足で歩く福沢の正面から、小走りで駆けてくる女性の姿があった。

この劇場の支配人——江川女史だ。

「あぁもう、散々捜《さが》し回ったんだから。こんなにノッポなのに居なくなるとなかなか見つけづらいのね貴方《あなた》。いいからちょっとこっち来て頂戴《ちょうだい》」

福沢に駆け寄るなり、袖《そで》を摑《つか》んで引っ張ってくる。

「何だ？　済まないが急いでる。乱歩を捜さねば」

「その乱歩くんよ」江川女史が早口で云った。「ほらこっち。あんまり他人に聞かれちゃ駄目《だめ》って云ってたわ」

「何……？」

江川女史は福沢の顔を見ると、秘密めかした小声で言った。

「伝言があるの。乱歩くんから」

江川女史が向かったのは舞台操作室《ぶたい》だった。

無機質な狭《せま》い室内いっぱいに操作盤《ばん》、録画録音機器が並んでいる。壁《かべ》に設《しつら》えられた窓からは殺人現場である舞台を見下ろすことができた。この窓から舞台を目視しつつ、照明や映像などの調整を行うのだろう。

江川女史は舞台操作室の外を見回し、誰《だれ》もいないことを確認して扉《とびら》を閉めた。

「それで？」福沢は訊ねた。

「本当のことを云うと、私のほうでも訊《き》きたいことが山ほどあるわ」江川女史は云った。「あの子何者なの？　本当にもう驚《おどろ》きっぱなしで……どうして判《わか》ったのかしら、私のこと」

「どういう意味だ」福沢は探《さぐ》るような視線を向ける。「乱歩は犯人を捜していたはずだ。乱歩に何を云われた？」

「何？……ああ、ひょっとして私が犯人だと疑ったの？　うふふ、厭ね、そういう意味じゃないわ。私が云ったのは、私個人のこと。兎《と》に角《かく》、乱歩くんから貴方に伝言があるの。他《ほか》の誰かに立ち聞きされたら駄目なんですって」

妙に上機嫌《じょうきげん》だ。

福沢は黙《だま》って続きを促《うなが》す。

「乱歩くんは私の諸々《もろもろ》を見抜いたあと云ったの。『犯人は二人いる』って。その犯人を釣《つ》り上げるのに協力してくれ、って」

──何？

犯人が二人？　そして犯人を捕《つか》まえるのに、この女支配人に協力を要請《ようせい》した？

「乱歩くんはこう云ったわ。『この事件は二種類の犯行から成り立っている。しょぼいほうと、すごいほう。喩《たと》えるなら海老《えび》と鯛《たい》だね。海老のほうを捕まえるのは簡単。海老だけで満足するのもいい。海老結構おいしいし。でも鯛も捕まえようと思ったら、これはもう海老を使うしかないんだよ』って」

判りにくい。

乱歩が前向きになったのはいいが、野放図な性格はそのままのようだ。

兎《と》も角《かく》、犯人が二人いるのは判った。そして乱歩はより大物のほう──乱歩が云うところの鯛──を捕まえるために行動していたらしい。そこまでは理解できた。

だが、だとすると──乱歩は無事なのか？

「乱歩は今どこにいる」

「さあ、今どこにいるかは判らないわ。でもさっきここで云われたの。福沢さんに伝えろって。『自分の客席に戻《もど》れ、そうしたら天使がすべて教えてくれるから』……だそうよ」

福沢は思わず窓から舞台を見た。

上演中福沢が座っていた座席が見下ろせる。今は福沢の席も乱歩の席も空席だ。

「天使だと？」

「そう。ねえ福沢さん、本当にあの子何者？　本人は異能者で名探偵だって云ってたけど、異能者って創作の中のお伽噺《とぎばなし》なんでしょう？」

乱歩に関して云えば、本当は異能者ではない。ある意味ではお伽噺だ。

だからこそ、福沢は不安になる。自分の云った異能者云々《うんぬん》を真に受けて、乱歩は危険な状況《じょうきょう》に自ら足を踏《ふ》み込んでいるのではないのか？

「異能者は兎も角、名探偵っていうのは私、信じるわ。本当にもう、ファンになりそうよ」

あまりの変貌《へんぼう》振りに福沢は思わず江川女史を注視した。

乱歩はこの女支配人に何を云って説得したのだ？

「あと最後の伝言。『僕は無事だから大丈夫《だいじょうぶ》。全部解決してみせるから、客席に急いで』だそうよ。そうすればこれ以上の被害《ひがい》は食い止められるから、って」

僕は無事だから大丈夫、か。

やはり乱歩は、自分が今のような状況に置かれることをあらかじめ見抜いているのだ。それで江川女史に伝言を残した。自分は無事だと。ならば乱歩の云《い》う通り、客席に向かうべきなのだろう。

生まれたばかりの名探偵を信じるしかない。

観客はまだざわめきに支配されていた。

高い天井《てんじょう》に並んだ照明の下、誰もが不安な顔で囁《ささや》きあっている。警官が客席を巡回《じゅんかい》しているため安全上の危険を感じている観客はいないようだが、それでも急に非日常に叩《たた》き込まれたのだ。不安を感じない観客などいないだろう。

福沢は客席を見回しながら自分の席へと向かった。

客席の最前列を見渡《みわた》したが、紳士《しんし》風の男の姿はやはり見当たらなかった。こちらの捜索にあたるべきなのかもしれないが、福沢には乱歩の云ったという『全部解決してみせるから、客席に急いで』という台詞《せりふ》のほうが気になった。

客席にも乱歩の姿はない。福沢ははっきり乱歩が先に待っており、ここで福沢に事態の真相を教えるつもりでいるのだとばかり思っていた。到着《とうちゃく》が遅《おく》れているのか。予定が変わったのか。

兎に角、信じたからには客席でしばし待ってみるしかないだろう。

福沢が椅子《いす》に腰掛《こしか》けた瞬間《しゅんかん》、

場内の照明が消えた。


急に何も見えなくなる。客席は観劇用に照明をすべて落とすことができるが、何故《なぜ》今急に？

誰が落としたのだ？　さしもの福沢でも、前触《まえぶ》れなしの暗闇《くらやみ》に目を慣らすには数秒の時間を要する。

だが、福沢が闇《やみ》に対応するよりも早く。

舞台の中央に強烈《きょうれつ》な照明が焚《た》かれた。

同時に、笑声《しょうせい》が響《ひび》く。


「あーっはっはっはっはっはっはっはっはっはっはっはっはっは!!」

舞台の中央に、人影《ひとかげ》が立っている。

直上から照射された光の柱のようなスポットライトの下。

愉快《ゆかい》そうに笑う、小柄《こがら》な人影。

「駄目《だめ》だな莫迦《ばか》だな愚《おろ》かだな！　駄目な凡人《ぼんじん》が不安そうな顔をずらっと並べているねえ！　ここから見ると不安顔の軒先市《のきさきいち》みたいで面白《おもしろ》いね！　値札まで見えるようだ！」

福沢は頭の中が真っ白になった。

何が、一体、何故？　どうなっている？

乱歩は例の眼鏡《めがね》を掛《か》けていた。黒縁《くろぶち》の眼鏡を得意げにくいっと押し上げる。

乱歩が何故そこにいる。そして何を云っている。何百人もの観衆の前で。スポットライトは誰が点《つ》けたのだ。照明は劇場の専門家が管理しているはずでは――。

「何故かって顔をしてるね。僕は救世主だ！　名探偵《めいたんてい》で異能者で神の御子《みこ》で、つまりこの劇の最後に現れてあらゆる謎《なぞ》あらゆる不安を一言のもとにかっさばいて、ああよかったと皆《みな》がほっとして帰れるようにするべく現れた時の氏神《デウスエクスマキナ》だ！　ああ君たちは倖せだなあ羨《うらや》ましいなあ、この僕が振《ふ》るう前人未到《ぜんじんみとう》、空前絶後の奇跡《きせき》の業《わざ》を目撃《もくげき》する最初の証人になれるのだから！　人生で二度とは見られぬ最高の解決編だよ！　トイレ行きたい人は今のうちに行ってきなさい待っててあげるから！」

ぽかんとする聴衆《ちょうしゅう》。

胃が痛くなる福沢。

誰《だれ》が……誰がそこまでやれと云った……。

観客たちは全員が揃《そろ》って目と口を丸く開いて、目の前のなんだかよく判らない出来事を見つめている。今ここに何百という聴衆の心はひとつになった。

——何これ？

乱歩は観客の沈黙《ちんもく》を傾聴《けいちょう》の合図と読み取ったのか、満足げに眼鏡を押し上げてから続きを喋《しゃべ》り出した。

「君たちの気持ちは判《わか》る！　解決編のない事件など厠《かわや》の落書きにも劣《おと》る駄作《ださく》だ！　だから僕がこうして出番構成を無視して現れ、あらゆる秘密あらゆる謎を君たちの許《もと》に開陳《かいちん》してあげようという訳さ！　何故なら僕は——」

異能者だからね！

眼鏡を持ち上げて、こころもち福沢のほうに視線を向けながら満面の笑《え》みを浮《う》かべる乱歩。

いっそ気絶してしまえば楽になるのだろうか……。

乱歩と出逢《であ》ったのは今日の朝のことだったはずなのだが、既《すで》にこれまでの人生で経験した三倍くらい気苦労をしている気がする。

ぐったりと疲《つか》れたおかげで、福沢もようやく現状に頭が追いついてきた。

いくら乱歩が声のよく通る——というかやかましい——少年であっても、四百人を収容する大型ホール全体にこれだけの地声を響かせるのは不可能だ。それに加えて天井からの照明は乱歩の位置から任意に操作できるものではない。操作室で専門家が操作する必要がある。

福沢はホール上方の窓のほうを振り返った。

暗い窓の向こう、舞台《ぶたい》操作室の操作盤《ばん》の前で、江川女史が親指を立てて笑みを浮かべるのが見えた。

——グルなのだ、この二人。

乱歩はおそらく小型の仕込みマイクを江川女史から渡《わた》され、それを通して喋っているのだろう。

そして江川女史は、おそらく打合せ通りにタイミングを計って操作盤を操作し、照明を点灯させた。つまり、すべて乱歩の仕込みなのだ。

「さて、それでは早速《さっそく》解決編に移るとしよう。途中《とちゅう》で起こったどうでもいい殺人事件の筋書きはどうでもいいからパスだね。名探偵ではなく異能者でもないカワイソウな君たちの関心事といえば、やっぱり最後に刃《やいば》で貫《つらぬ》かれて死んだ主役の彼だ。あの事件の真相をこれから教えよう」

福沢の中で厭《いや》な予感が最高潮に高まった。

乱歩はここで謎解《なぞと》きするつもりなのだ。

舞台のど真ん中で。

どよめいていた観客の空気が変わるのが判った。

あの少年はこれから、舞台上で、この事件を解決してみせるというのか。

スポットライトの下、素人《しろうと》の子供が威張《いば》り倒《たお》しているという意味不明な状況《じょうきょう》にもかかわらず、観客はその一点において集中力を取り戻《もど》しつつあった。何が起こっているかは、少年が全部喋ってから判断しよう。騒《さわ》ぐにしろ止めるにしろ、すべてはそれからだ。

いつしか聴衆は静まりかえっていた。

まるで、演劇の続きが始まったように。

狙《ねら》ってやったのか偶然《ぐうぜん》なのか、乱歩は静まりかえった客席を見回すとにこりと笑って、ではよく聞いてね、と云った。

「さっきこそこそ囁いてるのが耳に入ったんだけど、君たちの中には天使が殺したと思ってる人たちが結構いるみたいだね。ちょうどいいタイミングで、まるで天から見えない剣《けん》で刺《さ》されたみたいに見えたから、というのが理由らしい。まずこの際だからはっきり云っておくけど——」

乱歩はひと呼吸置いてから、云《い》った。

「天使はいる」

客席がざわついた。

その喧噪《けんそう》を制するように乱歩が手を掲《かか》げ、ただし、と云った。

「その証拠《しょうこ》に、事前に劇場に送りつけられていた予告状には、『天使が演者を殺すだろう』とはっきり予言されていた。明らかにこの事件は劇中の『天使』の存在を前提にして組み立てられている」

観客がどよめいた。

当然だろう。予告状のことは公開されていないのだから。

福沢は頭を抱《かか》えた。

観客からすれば、殺人事件が起こることが以前から判っていたという事実は、自分の置かれた状況の意味ががらっと変わってくる。

そんなことを明かして——大丈夫《だいじょうぶ》なのか？

しかし乱歩は不安げな聴衆など意に介《かい》さず、言葉を続けた。

「ただし天使とは君たちが思い描《えが》いているような奴《やつ》じゃない。演劇で云っていただろう、天使は登場人物たちから見えない不可視の存在。それでいて登場人物の挙動はすべて天使の視界のうちだ。つまり観客のことだよ。観客は事件のほぼすべてを知っているけれど、決して舞台上の人物に手を下すことはない。それがこの劇における暗喩《メタファー》なんだね。だから天使は加害者ではありえない。どちらかといえば天使は……被害者《ひがいしゃ》だ」

乱歩はそこで言葉を切った。それから秘密を明かす時のような思わせぶりな間をおいて聴衆を見渡《みわた》しつつ、ゆっくり舞台上を観客側に向けて歩いた。

芝居《しばい》がかっている。

「この事件と演劇の物語は深いところで繋《つな》がっているんだよ。この演劇は逆転する物語だ。天から堕《お》ちた天使が天に戻ろうとする。それを裁きの天使が阻止《そし》しようとする。一方で天使の裁きは見せ掛けで、被害者であるはずの人間が裁きを詐称《さしょう》する。天使と人間が逆転し、裁くものと裁かれるものが逆転する。そんな劇だ。そしてその構造はそのまま」乱歩は息を吸ってから、云った。「殺人事件そのものにも適用されている」

乱歩は指をすっと出し、客席の最前列を指差した。

「そこに空席があるよね」

観客が指の指し示すほうを見た。

乱歩が示す先は最前列の空席だった。例の逃走《とうそう》した容疑者——紳士《しんし》風の男が座っていた席だ。

「市警はそこに座っていた男を加害者だと思って捜査《そうさ》してる。なぜなら事件のすぐ後で、姿を消してしまったからだ。まあ真犯人が逃《に》げたと、そう思うのが普通《ふつう》だよね。けどさっきも云ったようにこの事件は逆転劇だ。彼我の構造が入れ替《か》わり、被害者と加害者が逆転する。つまり

——彼は加害者ではなく、被害者なんだ」

乱歩はそう云うと、黙《だま》って観客の様子を注視した。

誰も何も云わず、乱歩の語りに呼吸を忘れて聞き入っている。

「この封鎖《ふうさ》された劇場の中で、市警がまだ捜《さが》していない場所がある」

そう云うと乱歩は今度は観客に背を向けて歩き出した。

「何故《なぜ》なら、そこは逃亡者《とうぼうしゃ》が隠《かく》れるには最も不向きな場所だからだ。何しろ無数の人間の目がある。関係者以外が立ち入れば異様に目立つ。今の僕みたいにね。そう——ここだ」

乱歩は舞台の一番奥まで歩いた。

そこには背景映写用の白色スクリーンがある。

乱歩はその布幕を、ためらいなく一気に引き剥《は》がした。


「被害者は最初からここにいた」


そこには、気絶し縛《しば》られた紳士風の男が転がっていた。客席から小さく驚《おどろ》きの悲鳴があがる。

何か薬物を打たれているのかもしれない。男の青白い顔には汗《あせ》が浮《う》かび、閉じられた瞼《まぶた》は開く様子がない。だが生きてはいるようだ。

「これが逆転だ。加害者は被害者になった。さて……ここで当然の疑問がひとつ。この人は誰《だれ》で、何故誘拐《ゆうかい》されなくてはならなかったのか？　それはもちろん、加害者に訊《たず》ねればすぐ判《わか》ることだ。そうだろう、加害者さん？」

乱歩は虚空《こくう》に向かって叫《さけ》んだ。

答えるものはない。

「観客が解決を待ち望んでいるよ？　犯人がいなければ殺人事件は完結しない。完結しない事件など二流もいいところだ！」

乱歩は吼《ほ》えた。まるで役者だ。しかもかなり板についている。

今日の観劇で憶《おぼ》えたのか。それとも——そうしなければならない理由でもあるのか。

「これは逆転劇だ。加害者は被害者になった。それじゃあ、被害者は何になる？　さあ、これが幕引きだ。これが解決編だ。これ以外の筋書きなんてもう存在できないんだ。あなたの台本はもう何の役にも立たないぞ！」

乱歩が叫び、どん、と床《ゆか》を靴裏《くつうら》で強く叩《たた》いた。

その靴音が劇場内に反響《はんきょう》する。

「姿を現せ、堕天せしもの！　この神の御子《みこ》が命じる！　誰かさんの目は誤魔化《ごまか》せても、この僕の目は誤魔化せないぞ！　これが解決編だ、もうこれ以外の終わりはない！　天と御子と、そして無辜《むこ》なる大衆の前に真実を晒《さら》せ！」


声の反響が次第《しだい》に収束し、やがて劇場内はしんと静寂《せいじゃく》に包まれた。

一瞬《いっしゅん》の静寂。

その静寂を破ったのは、別の声。


「これが結末か……素晴《すば》らしい！」

舞台《ぶたい》に突如《とつじょ》として現れたその声の主。

劇場が驚愕《きょうがく》のどよめきに包まれる。

朗々と響《ひび》く声、指から爪先《つまさき》に至るまで生命力にあふれたその動作。

その姿は、まごうことなき、悲劇の主人公——。

「まさか存在しないはずの異能者が、解決役となって現れるとは。ここまでお膳立《ぜんだ》てをされては現れるしかない。だが何故判った？　用心棒も市警も、同僚《どうりょう》でさえ見抜《みぬ》けなかったのに」

死んだはずの村上青年は、まるで舞台上の役柄《やくがら》としてだけ蘇《よみがえ》ったように芝居がかった笑《え》みを浮かべた。

乱歩は眼鏡《めがね》を押し上げながら云った。

「それが僕の異能だよ。血液も本物、刃《やいば》も本物、駆《か》けつける用心棒も驚く同僚の役者も本物だ。けど僕の異能は誤魔化せない。殺人事件なんて——最初から存在しなかったんだ」

「いつから気づいていた？」

朗々と響く村上青年の問いかけ。

「最初から」

対して答えた乱歩の声は、感慨《かんがい》もないぶっきらぼうな断言。

「最初にあなたと楽屋で逢《あ》った時、あなたは青白い顔をしていた。それに水をやたらと飲んでいたよね。あれは少し前に血を抜いたからだ。血液は躰《からだ》の外に出すとすぐに劣化《れっか》する。しかも殺されたあなたを取り囲むのは用心棒に市警、血を見慣れたプロだ。だから第三者を誤魔化すには血糊《ちのり》ではなく、あなた本人の新しい血を使う必要があった。それに舞台でのけぞったりした重ね衣《ごろも》は、内側に刃と血液袋《ぶくろ》の仕掛《しか》けを隠すのに最適だしね」

「成《な》る程《ほど》」

舞台上の中央から降るスポットライトを挟《はさ》んで、乱歩と村上青年は対峙《たいじ》していた。

お互《たが》いに静かに相手を睨《にら》んでいる。

「死を装《よそお》うのは血みたいに事前に用意できないぶんもう少し難しかっただろうけど、そこはさすがに本職だね。化粧《けしょう》で顔色を誤魔化して、後は演技力がものを云《い》った訳だ。それと脈拍《みゃくはく》を誤魔化したのは、これだね。搬入口《はんにゅう》のごみ箱に、隠すみたいに棄《す》ててあったよ」

乱歩が懐《ふところ》から取り出したのは、肌色《はだいろ》をしたゴム製の何か膜《まく》のようなものだった。

「役者さんが体型を変える時や、顔の造形を変えて変装する時なんかに使うシリコンゴム製の詰《つ》め巻き。この五倍くらいの量が裂《さ》かれて棄てられてたよ。ざっと見た感じ腕《うで》に手首、胸回りに首回り。脈拍を測られそうなところをカバーするくらいの量はあったね」

福沢は思い出す。

脈を取った時、肌《はだ》の感触《かんしょく》は異なっていただろうか？　今思い出すと、ほんのわずかながら異なっていたかもしれないし、普通の肌と同じ感触だったかもしれない。少なくとも云えるのは、その時最大の注意点は村上青年の生死だった。一瞬だけ触《ふ》れた肌触《はだざわ》りなど、全く注意を払《はら》っていなかった。

何より騙《だま》されたのは、村上青年の瀕死《ひんし》の表情だ。死を見慣れた福沢も、次に駆けつけた女優もあの表情には騙された。一見して〝手遅《ておく》れだ〟と判る表情だったのだ。迫真《はくしん》の演技だった。あれがなければ、あるいは福沢も真実に気づいていたかもしれない。

乱歩は朗々と続ける。

「後は搬送《はんそう》された病院に連絡《れんらく》するだけだったよ。外傷を受けて死亡した急患《きゅうかん》の村上時雄さんは確かにいたけど、人相を訊ねたら六十代のおじいちゃんだった。たぶん搬送された先で、似た症状《しょうじょう》の患者《かんじゃ》さんと身分証をすり替えたんじゃないかな。警察が調べればすぐ判るよ」

「共犯がいてね」村上青年は微笑《ほほえ》んだ。

「だろうね」乱歩が当たり前のように頷《うなず》いた。「脚本家《きゃくほん》さん？」

「そうだ」村上青年が云った。「二人で計画した。今は自宅にいるはずだよ」

警官の何人かが慌《あわ》ててホールから出て行った。おそらく、共犯の脚本家を確保するために指示を出しに行ったのだろう。

「棄てられた詰め巻き、病院、自分の血。証拠《しょうこ》は捜すまでもなく山ほどある。後は自供だけだ。そこで──」乱歩は一度言葉を切り、悪戯《いたずら》っぽく笑った。「陰気《いんき》くさい取調室で面白《おもしろ》みの欠片《かけら》もない警官に囲まれるより、あなたにふさわしい自供の場所を用意したよ。これだ」

乱歩が言葉と共に指を振《ふ》った。

舞台の照明が落ち、ホールが暗闇《くらやみ》に包まれる。

驚く間もなく、細い円柱のような照明が、村上青年の頭上から降り注いだ。

乱歩はその外の闇《やみ》に没《ぼっ》して見えなくなった。まるで舞台上には村上青年だけが取り残されたように。

声なき視線が集中する。

「──おれは」

村上青年は呟《つぶや》くように云った。それから声を張り上げて、

「僕は役者だ！　自分ではないものになり、存在しない人生を立ち上げ、人間とはなにかをさらけ出してみせるのが僕の仕事だ！　主役だろうが端役《はやく》だろうが、悪役だろうが善人役だろうが関係ない、僕はそこに人間の生を立ち上げる、僕には他《ほか》の仕事なんてありえない、そういう生き方しかできない！」

観客は舞台上の村上青年に見入っていた。

無数の人間を演じ、無数の立場で台詞《せりふ》を喋《しゃべ》ってきた村上青年が今、虚構《きょこう》ではない魂《たましい》からの本心を語っている。その痛覚を伴《ともな》いそうなほどの切実さから、観客は目を離《はな》せない。

「生き方を演じる以上、避《さ》けられないものがある。それが死だ！　死は生の逆ではなく、生のシンボルであり旗印だからだ。しかし死には矛盾《むじゅん》がある。今生きている人間の中で、死を経験したことのある人間は誰もいないという矛盾だ！　だから僕にとって究極の仕事は、人が死ぬことを演じることだった。装置としての死や約束事としての死ではなく、本物の死を演じること、それを観客に伝えること。それが僕にとって『演劇を極《きわ》める』ということだった。その結果がこれだ」

村上青年は客席に向けて一歩を踏《ふ》み出し、叫《さけ》んだ。

「見ていただけたか？　死は常に僕たちの頭上にある！　声もなく静かに、僕たちがそちらに

行くのを待っている！　演劇や映像物語は必死にそれを表現する。構成や編集や音楽や気の利《き》いた台詞を使って。だが決して死そのものは描《えが》けない！　僕が死を演じた最初の役者だ！　それをあなたに、今日ここに来てくれた皆《みな》さんに観《み》て貰《もら》いたかった！」

観客は言葉を失っている。

福沢も観客と同じ思いだっただろう。

それが動機か。

殺人予告を偽装《ぎそう》し無関係の人間を巻き込んだ。被害《ひがい》を偽装し警察を騙した。自分の血を抜き、二つの台本を用意して同僚を出し抜いて、そうまでして——。

そうまでしてやる価値のあることか。

たったそれだけのことが。

あるいは、役者とは最初からそういう生命体なのか。

「後悔《こうかい》はない」村上青年ははっきりと云った。「これが僕の生き方だ。役者はどこでだってできる。命が終わるその時まで、僕は今日の成果を糧《かて》に、誰《だれ》かの心を演じ続ける」

沈黙《ちんもく》が落ちた。

誰も何も云わなかった。

やがて、市警たちがゆっくりと舞台上に登った。村上青年に手錠《てじょう》を掛《か》ける。

村上青年は抵抗《ていこう》しなかった。その表情は晴れやかですらあった。当然だ。彼は目的を達成したのだ。

「立派だと思うよ」舞台上を去ろうとする村上青年の背中に、不意に乱歩が声を掛けた。「僕にはよく判《わか》らないけど、誰にでもできることじゃないと思う。ところでさ、客席の皆の顔を見てみなよ」

舞台《ぶたい》の照明に照らされて、観客たちの表情がぼんやりと浮《う》かび上がる。

村上青年からは無数の顔が並んで浮かんでいるように見えるだろう。

その表情は——どれも同じ。

「来てる人は歳《とし》も性別もばらばらだけど、二つ共通点があるんだよ。ひとつはあなたの劇団の芝居《しばい》を好んで観に来たこと。もうひとつは、目の前で人が殺される瞬間《しゅんかん》を見せられたこと」

村上青年の呼吸が止まる。

視線は観客に釘付《くぎづ》けになっている。

「あなたは自分の職業を娯楽業《エンターテインメント》と云ったよね。客にこんな顔をさせるのは——娯楽業って云えるのかな」

村上青年の瞳《ひとみ》に、はじめて弱々しい感情が点《とも》った。

「——そうか」

声量のある舞台俳優とは思えないほど小さな声が、舞台の上に落ちた。

「おれは——自分のために演技しただけだったか」

力を失って村上青年は退場した。

舞台の照明が消えた。誰も何も云わなかった。

幕引きもなくカーテンコールもなく、観客の拍手《はくしゅ》もない、あまりにも静かなそれが——劇の終わりの瞬間だった。


ロビーに戻《もど》ると、得意顔の乱歩が仁王立《におうだ》ちで待っていた。

「どうだった」

福沢は歩きながら、乱歩に向けて静かに問いかけた。

「——超《ちょう》」

乱歩は不敵な笑《え》みでそう云《い》ったあと少し間を置き、それからロビー中に響《ひび》き渡《わた》る声で宣言した。

「すっきりした！」

だろうな……。

事件中とうってかわって、ロビーは解放された観客たちでごったがえしていた。電話で家族に連絡する者、事件の始終を興奮した様子で語りあう者、ただ呆然《ぼうぜん》と思い返している者。そのうえに慌ただしく行き来する市警の職員に、事後処理に追われる劇場の関係者たち。

怒《おこ》る者、悲しむ者、戸惑《とまど》う者。

そんな中にあって、福沢の心は、

——善《よ》かった。

福沢の心は晴れやかだった。

誰も死ななかったこと。

乱歩が事件を解決したこと。

それだけあれば、後は些末《さまつ》なことだ。

ロビーで涙《なみだ》する女性三人連れがいた。おそらく村上青年の支持者なのだろう。すれ違《ちが》い際《ぎわ》、生きていて善かったという声が漏《も》れ聞こえた。福沢の心境もそれに近かった。

今考えてみれば、乱歩の行った奇天烈《きてれつ》とも取れる舞台推理は、それ以上望むべくもないほど合理的な対応だったことが判る。たとえ真相と犯人を看破したとしても、犯人が逃《に》げ、観客は殺人を目撃《もくげき》した心的ショックを引きずり、状況《じょうきょう》証拠《しょうこ》だけが集まっての幕引き——などという終わり方をしたのでは、関係者に残された傷跡《きずあと》が深すぎるのだ。

ただ真実を見抜《みぬ》くだけでは駄目《だめ》だったのだ。今この瞬間、観客がまだ全員揃《そろ》っている時にその目の前で村上青年を引き摺《ず》り出して自白させることが絶対条件だった。それには、生まれながらの役者である村上青年に『今この状況となってしまっては、もはや姿を見せるしかない』と思わせる必要があった。それには観客の目を利用するのが最上《さいじょう》だ。

そのための乱歩のあの独擅場《どくせんじょう》だったのだ。

「舞台上で真実を明かすというのは見事な案だった」福沢は云った。

「でしょう？」乱歩は得意顔になった。「いっぺんやってみたかったんだよねえ。大声で好きなこと叫ぶの。みんなぽかんとしてたなあ。これで皆僕のすごさを思い知っただろうねえ！いやあ、やっぱり名探偵《めいたんてい》の解決編はできるだけ多くの人に見せるに限る！　世界の真理だね」

福沢は、何となく厭《いや》な予感がした。

「おい、ではお前が事件の解決を、舞台上でしたのは——」

「目立ちたかったから」

乱歩はけろっとした顔で答えた。

当たり前とでも云わんばかりに。

「……………………………………………………あ、そう」

「それにしてもこの眼鏡《めがね》すごいねえ！　これを掛けた途端《とたん》に頭がきりっとして、推理がみるみる進んでいったよ！　さすがは異能発現体、京の都のやんごとなき宝物《ほうもつ》！　なんて気持ちがいいんだろう。僕はようやく自分が何者か理解したよ！　この眼鏡と僕の異能があれば、向かうところ敵なしだね！」

乱歩は黒縁《くろぶち》眼鏡をためつすがめつ眺《なが》めながら喜んでいる。

無論、それは勘違《かんちが》いだ。その黒縁眼鏡には何の霊験《れいげん》も異能もない。すべては乱歩の頭脳のなせる業《わざ》だ。

乱歩は最初に楽屋で村上青年を見た時の、わずかな情報からすべての真実を見抜いたのだ。それは〝異能で真実が判る〟などという短絡《たんらく》的な事象より、よほど目を瞠《みは》るべき偉業《いぎょう》だ。

ふと福沢は、まだ明らかになっていない疑問があることを思い出した。

「照明裏、天井《てんじょう》近くに、金属質の四角い何かがあるのが見えた。あれは何だったのだ？」

「ああ、あれはねえ。これ」

乱歩は手近な壁《かべ》に立てかけてあったものを拾って、持ち上げてみせた。

「――銀紙？」

「そ。ただの四角い板。撮影《さつえい》なんかで使う反射板《レフばん》の切れ端《はし》だね。まあ捜査《そうさ》の目を一時誤魔化《ごまか》すための小道具だね。実際、これは舞台袖《ぶたいそで》の大道具の陰《かげ》に、ぺらっと落ちてたよ」

福沢は唸《うな》った。

確かにこれならば軽いうえ、紐《ひも》かなにかで引っ張って落とせばすぐ持ち去れる。天井裏にこの反射を見たからこそ、福沢は外部の仕掛《しか》けによる殺人だと思い込んだともいえる。ただ一時騙《だま》すためとはいえ、それなりに細部《ディテール》にこだわって組み立てられた犯行だったのだ。

「もう一つ。江川女史をどうやって説得した？」

江川女史の変わりようは福沢も当惑《とうわく》するほどだった。照明を操作しながら笑顔で親指まで立ててみせたのだ。乱歩はどうやって彼女を味方に引き入れたのか。

「別に説得なんてしてないよ。最初に見た時から、あの人が本当は舞台演出の仕事をやりたいことは判ってたから。照明とか音響《おんきょう》とかの舞台演出家だね。才能もありそうだったからそう云って、手伝いをお願いしただけ。何でもそっちの世界を明日から目指すことに決めたんだって」

上機嫌《ごきげん》だったのはそのためか。事件の真相を一瞬《いっしゅん》で見抜いた乱歩に才能があると云われたら、ああなるのも仕方がないのかもしれない。

「先生方、お疲《つか》れ様です！」

市警の警官がきびきび歩いてきて敬礼した。

「先生方のご活躍《かつやく》、感動いたしました！　用心棒の先生を現場で拝見した時から、必ずや快刀《かいとう》乱麻《らんま》を断《た》つがごとくご解決なさるだろうとは思っておりましたが……いやこれほどの秘密兵器を備えていらっしゃったとは！　探偵の先生、お見事でした！」

先程《さきほど》福沢と話していた、若い制服の市警だ。

警官に先生と呼ばれるたび乱歩は得意顔になり、福沢は微妙《びみょう》な顔になっていく。

「後のことは我々にお任せ下さい。一応書類上のこともあり、先生方には警察署にて事件解決のあらましをご説明頂くことになるかと思うのですが――」

「事件解決のあらまし？」乱歩が訊《たず》ねた。

「はい。どのような観察、どのような聞き込みを行って事件の真相解明に至ったのかなどを、一応」

「ええ？　いいけど……調書に書けるの？　真相を見抜いた理由が『僕が異能者だったから』なんて」

「い……異能者？　異能者って、あの劇の？」

「そう」乱歩は頷《うなず》いた。

しまった。

それがあったか。

「待ってくれ警官殿《どの》。事情聴取《ちょうしゅ》については俺が対応しよう。この通り乱歩は少年だ。それに慣れぬ真相究明で疲れている。あらましはおおむね聞き及《およ》んで知っている。今日のところは」

「え？　僕元気だけど。むしろここ来た時より元気だよ？」乱歩が首を傾《かし》げる。確かに乱歩は好き放題暴れたせいか、事件前より肌《はだ》がつやつやしている。

「何と……若き名探偵は異能者なのですか」警官は目を丸くする。

「そうだよ！『事件の真相を見抜く』異能者、名探偵・江戸川乱歩をよろしく！」

「待て……待て」福沢は慌《あわ》てて制した。「乱歩。今まで黙《だま》っていたがお前は異能者ではない。お前は観察と推理から真相を見抜いただけだ。だからお前は」

「へ？」乱歩はきょとんとした。「何それ。そんな訳ないでしょ？　異能だって云ったのおじさんじゃない」

「……それはそうだが」

「僕が特別なのは僕が異能者だからだよ。異能者でもないのに誰《だれ》も判《わか》らないことを見抜くなんて、ありえると思う？」

「小官はありえないと思います」

「だからな……それは」

「あ、あれ警察車？　おーすごいあれに乗って警察署まで行くの？」

「ご希望とあれば、どこへでもお連れします」

「待て、話を聞け」

「あっはっは、今のうちに警察は僕にしこたまゴマを擂《す》っておいたほうがいいよ！　何しろ事件を解決する異能なんて、警察の仕事を丸ごと奪《うば》う神のごとき力だからね。いいや、むしろ神だ！　僕が神だ！」

「おお、これは恐悦《きょうえつ》の至り。ありがたやありがたや」

「おい、お前ら……」

福沢は途方《とほう》に暮れてしまった。

乱歩を救うためについた嘘《うそ》が、じわじわと肥大化しつつある。このままでは話に尾《お》ひれがつき、回収不能なところまで発展してしまうのではないか。

しかし……。

——なんて気持ちがいいんだろう。僕はようやく自分が何者か理解したよ！

最初に出逢《であ》った時の、あの世を拗《す》ねたように斜《しゃ》に構えた乱歩からすると、今の乱歩の笑顔《えがお》は何と屈託《くったく》なく輝《かがや》いていることだろう。

まあいい。

異能ではないただの推理力であったところで、乱歩が非凡《ひぼん》な存在であることに変わりはないのだ。むしろ乱歩の推理力は異能者でも目を剝《む》く非凡さだ。ならば乱歩が異能者と名乗る時、それは謙遜《けんそん》ですらある訳だ。

それにさすがの乱歩も、今後立ち向かうあらゆる事件を百発百中で解決とはいくまい。そうなればその時自ら気づくか——その場で自分が真実を教えてやればいい。

福沢はそこでようやく、自分の思考が奇妙《きみよう》な方向に向かっていることを自覚した。

——次の難事件に乱歩が立ち向かう時。

——その場にいる自分が。

「それで、警察署に行くんでしょ？」乱歩の声で、福沢は現実に引き戻《もど》された。「警察車に乗るのは楽しみだけど、書類聞き取りは面倒《めんどう》だなあ。さっと行ってぱっとやって二秒くらいでひゅっと帰ろうよ。おじさんと一緒《いっしょ》だと無駄《むだ》に長くなりそうだから、僕先に行っとくね」

福沢は答えない。

「ねえ、おじさん？　おじさん？」

「……あ？　ああ」

乱歩はしばらく福沢を見上げた後、ふうんそれじゃ行こうか、と警官の背中を叩《たた》いた。

莫迦《ばか》な。

自分が乱歩と——これからも行動を共に？

共に事件を解決？

ありえないことだった。

確かに乱歩の頭脳は非凡だ。誰かがその才能を守り、活《い》かさねばならない。だが福沢はあの事件以降、ずっと独りで生きてきた。誰の助けも要《い》らない。誰と組む必要も感じない。誰かに頼《たよ》ることは自らに何かが足りぬことと等価だ。自らの不足を棚《たな》に上げて他者に依存《いそん》すれば必ず自らが歪《いびつ》になる。

仲間に請《こ》われるまま他人を斬《き》る鬼《おに》にもなる。

自分が誰かと組むなど——ましてや組織を作り上げ長となるなど、想像もつかない。

今日、乱歩は才能を開花させた。多くの観客がそれを目にした。

こうなった以上、乱歩を電話番や建設現場で使おうなどという話は起こるまい。いずれ誰かが乱歩の頭脳を使って事を為《な》すだろう。それが善事か悪事かは判らない。あるいは強盗《ごうとう》団か、非合法組織の頭脳として乱歩が知らぬ間にのし上がる日が来るのかもしれない。

だがそれは今日のことではなく、故《ゆえ》に自分とは無関係だ。

「江川女史と事後処理の相談をする」福沢は乱歩に云《い》った。「先に署に向かっていてくれ。警官殿、乱歩を頼《たの》む」

「承《うけたまわ》りました」警官は微笑した。

「さ、行こう行こう！」乱歩は楽しげに出口へと歩いて行った。

福沢はその背中を見るともなく見る。——と、乱歩は出口近くで振《ふ》り返って、

「福沢さん」と云って笑った。「ありがとね」

そしてそのまま警察車輛《しゃりょう》に乗り込み、見えなくなった。

それから福沢は、村上青年に逢《あ》いに行った。

楽屋が即席《そくせき》の取調室として使われていた。部屋には三名ほどの見張り警官と村上青年がいた。

村上青年は部屋の中央に座っており、福沢を見ると弱々しく笑って頭を下げた。

「これまで色々やったけど、手錠《てじょう》を掛《か》けられるのは初めてですよ」村上青年は自分の手に掛けられた手錠を見せて笑った。「何事も経験だ。これで演技にも幅《はば》が出る」

福沢は呆《あき》れると同時に感心した。役者という生き物は、どうも理解の及ばない業《ごう》を抱《かか》えているらしい。

「二、三訊《たず》ねたいことがある」

「何でもどうぞ、用心棒の先生」

「腹から刃《やいば》が出た仕掛《しか》けを見たい」

「ああ、そんなことか。そこに置いてあります」

村上青年が顎《あご》で指し示すほうを見た。

指し示されたほうの楽屋の壁《かべ》に、金属板を曲げて輪にしたような、薄《うす》い筒状《つつじょう》の器具が立てかけられていた。筒回りはちょうど人間の胴体《どうたい》ほど。ピアノ線のような紐《ひも》が装置の真ん中から出て、先端《せんたん》が輪になっている。

村上青年は説明した。この装置を胴体に仕込み、服で隠《かく》していたのだという。服の中を通したピアノ線を指で引くと金属板が引っ張られ、腹側から飛び出す仕掛けなのだ。金属板は薄く、表面は磨《みが》き上げられている。強い照明の下では幅広《はばびろ》の刃にも見えるだろう。ネタを明かされれば単純な仕組みだ。客席から小道具がどのように見えるかを熟知した、舞台《ぶたい》役者ならではの仕掛けだった。

「最初に駆《か》けつける人を騙《だま》せるかどうかが最大の関門でしたよ」村上青年は微笑《びしょう》して云う。「脈拍《みゃくはく》や血は兎《と》も角《かく》、用心棒の先生は死体なんて見慣れてるだろうしね。だからおれの瀕死《ひんし》の演技に先生が騙された時は内心で拍手喝采《はくしゅかっさい》でした。一生の自慢《じまん》ですよ」

その結果観客を惑《まど》わせ警察を混乱させたのだから世話はない。他人に説教することを好まない福沢はただ一言、

「仕方のない奴《やつ》だ」

とだけ云った。

全くです、と村上青年は笑った。

「もうひとつ訊《き》きたいことがある」福沢は云った。「縛《しば》られ気絶していた背広の男についてだ。あの男は何者だ？　何故捕《なぜと》らえられた？」

「ああ、あいつですか。あれは……この計画のもうひとつの目的だと聞いてます」

村上青年は肩《かた》をすくめながら云った。

「――聞いてます、だと？」

「ええ。元々今回の件は脚本家《きゃくほんか》の倉橋と二人で計画した話なんですが、あっちはあっちで目的があったらしいんですよ。詳《くわ》しくは聞きませんでしたが……何でもあの背広の男は滅多《めった》に姿を現さない奴で、あいつに逢うことも目的のひとつだったとか。しかし、まさか縛って捕《つか》まえるところまでやるとはなあ」

「何？」

福沢が眉《まゆ》をひそめた、ちょうどその時。

「被疑者《ひぎしゃ》を、被疑者を呼べ！」

バタバタと慌《あわ》ただしい足音が近づいてきたかと思うと、楽屋の扉《とびら》が乱暴に開かれた。

息せき切って現れたのは、やや年かさの刑事《けいじ》だ。

「おい、どうした？」

「よ、用心棒の先生！　大事《おおごと》ですよ、被疑者はずっとそこに居ましたか⁉」

「この通り、ずっと監視《かんし》下にあったはずだが――」

福沢は村上青年のほうをちらりと見た。村上青年は事態が摑《つか》めない、といった不安な顔で刑事と福沢の顔を見比べている。

「脚本家が――自室で、殺されてましたッ」

「何だと⁉」

刑事が息を切らしながら云う。その目は怯《おび》えている。

「鍵《かぎ》の掛かった自室で、背中から腹まで刺《さ》し貫《つらぬ》かれて――現場には凶器《きょうき》も争った形跡《けいせき》もありません！　まるで不可視の何者かに、刺されでもしたかのような――」


江戸川乱歩は一人、警察車輛の後部座席に座っていた。

窓の外を流れる夜景を、眺《なが》めるともなく眺めている。

いつの間にか時刻はすっかり夜。横浜の街並みは青黒い闇《やみ》に染まり、その中に浮《う》かぶ白と黄色の明かりが、窓の硝子《ガラス》の上を水飴《みずあめ》のように流れていく。

乱歩は肘《ひじ》をついてその街並みを眺めた。都会の夜は明るい。育った田舎《いなか》なら明かりもなく、皆《みな》が寝《ね》る支度《したく》をはじめている頃《ころ》だろう。

——都会のほうがいいな。

乱歩はぼんやりと考えた。静かで陰鬱《いんうつ》なくらいなら、騒々《そうぞう》しくてややこしいほうが幾分《いくぶん》かはましだ。

田舎は嫌《きら》いだった。田舎の人間も、学校も、大抵《たいてい》のものが嫌いだった。好きだったのは両親だけだ。

「ねえ、警官さん」乱歩は運転席の若い市警に向けて言葉を投げた。「どのくらいで着くの？」

「すぐですよ」愛想《あいそ》のいい警官は明るい口調で答えた。

ふうん……と生返事をして、乱歩に視線を街並みに戻《もど》した。

警官は、後写鏡《バックミラー》ごしにそんな乱歩の表情をちらりと見てから、明るい声で云った。

「いやあ、それにしてもお見事でした、小官は感動しました！　まさに小さな名探偵《めいたんてい》！　用心棒の福沢先生と合わせて、名探偵コンビ結成ですね。明日の朝刊はこれで決まりだ！」

「当然だね。でもあのおじさんは、僕と組む気はないと思うよ」

「へ？　そうなのですか？　小官はてっきり……」

「あのおじさんは他人が怖《こわ》いんだよ」乱歩はぶっきらぼうに云《い》った。

わずかの間、車内に沈黙《ちんもく》が落ちた。

「はあ、あの先生は確か武術の達人で、しかもめっぽう怖いと評判だったはずですが……市警の警視や軍のお偉方《えらがた》でも、あの先生と話す時は緊張《きんちょう》し背筋が伸《の》びると聞きますし」

警察機構には剣道《けんどう》や柔術《じゅうじゅつ》の有段者が多い。それ故《ゆえ》に武術の兄弟子《でし》や師、その道の達人に対する畏敬《いけい》は時として職位・階級よりも強い。

福沢ほどの武道家ともなれば、警察組織への影響《えいきょう》力は決して小さくない。福沢はある意味において、悪役にも警察にも恐《おそ》れられる存在なのだ。

「あのおじさんの怖がりは、そういうのとはちょっと違《ちが》うからねえ」

「ははあ……そういうものですか。しかし逢ったばかりの福沢先生のことをそれほど見抜《みぬ》くとは、さすがは異能力者、というところですね。確か――『真相を見抜く能力』？」

「そ」乱歩は鷹揚《おうよう》に頷《うなず》いた。「でも警官さん、信じてないでしょう？」

「いやいやいや、滅相《めっそう》も」警官は慌てて云ってから、それから困ったような愛想笑いを浮かべた。「へへ……お見通しですか？」

「異能者でなくたって判《わか》るよ。さっき警官さん、『逢《あ》ったばかりの福沢先生のことを』って云ったでしょ？　つまりそれは、今日の午前あった社長殺人事件でおじさんと僕がはじめて逢ったことを、本部に問い合わせて調べたってことだ。僕の実力を――知りたかったから」

「さすがです、いやあお見それしました」

「仕方ないなあ。疑われっぱなしじゃ癪《しゃく》だし……それじゃ、異能者だってことを証明してみせようか」乱歩は懐《ふところ》から黒縁《くろぶち》の眼鏡《めがね》を取り出した。福沢から与《あた》えられた高貴な眼鏡だ。

「おお、よろしいんですか？　これは役得だなあ、名誉《めいよ》ある異能探偵の推理を特等席で見られるとは」

乱歩はやれやれ、といった様子で眼鏡を掛《か》けた。そして窓の外を見ながら、云った。

「この車、警察署に行ってないね」

沈黙が落ちた。

後写鏡ごしに、乱歩と警官の視線が交叉《こうさ》する。

しばらく間があってから、いやァ参ったなあ、と云いながら頬《ほお》を掻《か》いた。

「先に云うべきでしたね、済みません。先刻無線が入ったんですよ。事件があったとかで、別の現場に名探偵をお連れしろ、ってね」

「成《な》る程《ほど》ね」乱歩は云った。その口調からは内心はうかがえない。

「でも、今のは異能者、ってほどでもないんじゃないですかね？　いや疑う訳じゃないんですけどね。警察署は駅方向ですし、車の行き先が違うことはすぐ判るんじゃあないかと」

「もっともだね」乱歩はにっこり笑った。「もっと水準《レベル》を上げたい？　じゃあこうしよう。警官さんがこの事件の謎《なぞ》について質問する。僕が真相を異能で答える。僕が答えに詰《つ》まったら、警官さんの勝ち。謎が尽《つ》きたら僕の勝ち。どう？」

「おお、それは興奮しますね！　勝っても負けても小官からすれば楽しい訳ですから、断る理由がありませんよ！　じゃ早速《さっそく》よろしいですか？」

どうぞ、と答える乱歩に、警官は嬉《うれ》しそうにううん、と頭を捻《ひね》った。それから云った。

「たぶん誰《だれ》もが訊きたかったことだと思うんですが……」云いながら警官は操縦桿《ハンドル》をとんとん、と指で叩《たた》いた。「あの、舞台《ぶたい》の上で捕まってた背広の男がいたでしょう。偽名《ぎめい》の浅野匠頭。あいつはどうやって捕まえられて、あそこまで運ばれたんでしょう？」

「絨毯《じゅうたん》だよ」乱歩は眼鏡を指で押さえながら云った。「ホールの入口に、毛足の長い絨毯があったでしょう？」

警官は上のほうを見上げて顎《あご》を指で撫《な》でた。「ああ……ありましたね」

「騒《さわ》ぎの後、あの絨毯のひとつがなくなってたんだよ」乱歩は云った。「床《ゆか》がむき出しになってた。そのうえ、絨毯があったところにかすかに変な臭《にお》いがしたんだよね。何ていうの？　あのペンキやプラスチックの元になってる、変な臭いの……」

「有機溶剤《ようざい》？」

「そうそれ」乱歩は頷いた。「同じ臭いが、縛《しば》られてる背広の人からもちょっとしたよ。つまり犯人はあのおじさんを絨毯でくるんであそこまで運んだんだよ。臭いはたぶん接着剤《せっちゃくざい》だね。噴霧《ふんむ》式の接着剤を絨毯に吹《ふ》きつけて、逃《に》げようとする背広の人を捕《つか》まえた。それから薬で気絶させて、絨毯にくるんで運んだ。そこまでするってことは、相当逃げ足の速い人だったんだろうね」

「はあ、まあ確かに事件後の舞台上は、救急隊やら役者やら血液の処理やらで大わらわでしたから、絨毯持った奴《やつ》が一人くらい横切っても特別目を引きはしなかったでしょうが……だったとしても、一体どうして？　運んだのは当然共犯の脚本家《きゃくほん》なんでしょうけど……なんでまたそんな手間の掛かる」

「脚本家さんじゃないよ」

「へ？」

「だから脚本家さんは手を下してないったら。たぶん脚本家さんは……劇より前に殺されてるんじゃないかな」

乱歩は当たり前のような顔で云った。

警官の顔色が変わった。

「そ……そんな真逆《まさか》。では一体」

「僕以外の人は皆ことごとく莫迦《ばか》で愚《おろ》かで愛すべき人たちだから、できるだけ助けてあげたかったんだけどねえ」乱歩はそう云って、けだるそうに頸《くび》を回した。「僕が事件を知るより前に死んじゃってる人はどうにもなあ。偽装《ぎそう》のためだけに殺されちゃったおじいちゃんもだけど」

「おじいちゃん？」警官が訊《たず》ねる。

「病院で俳優さんの身代わりにされた可哀想《かわいそう》なおじいちゃんだよ」乱歩は云って眉《まゆ》を軽く上げた。「謎明かしの時には『偶々《たまたま》似た症状《しょうじょう》の人と身分証をすり替《か》えたんだろう』なんて云って誤魔化《まか》したけどね。不自然でしょ、そんな偶然《ぐうぜん》の要素が大きい状況《じょうきょう》に頼《たよ》るなんて。ここまで緻密《ちみつ》で大胆《だいたん》な作戦を立てた犯人なのに。タイミングをあわせて刺《さ》し殺したんだよ。全く……たった一人誘拐《ゆうかい》するためにそこまでやるかな？」

「たった一人誘拐するため……？　では、殺人が目的ではないのですか？」

「うん。この大掛《おおが》かりな計画は、逃げ足の速いあの背広の人一人を誘拐するために組み上げられた、大規模で手の込んだ罠《わな》だったんだよ。脚本家さんもあの村上さんていう役者さんも、そのために利用された駒《こま》。……これで僕が異能者だって信じた？」

「そ……それは」

狼狽《ろうばい》する警官のほうに、乱歩は身を乗り出した。

「だからさ、いい加減この車がどこに向かってるのか、素直《すなお》に白状したら？」

乱歩は運転席の横に顔を突《つ》き出し、警官の耳元で囁《ささや》くように云う。

「――服から有機溶剤の臭いのする警官さん」


「何故《なぜ》連絡《れんらく》がつかんのだ！」

福沢が吼《ほ》えた。

劇場の二階、市警の詰め所がわりに使われている世界劇場の会議室だ。

「ですから、警察署に到着《とうちゃく》したという連絡がないのですよ福沢先生。出発時刻からするととっくに到着していないとおかしいはずなんですが――」

劇場の会議室には、三名ほどの警官が並んでおり、電話で同僚《どうりょう》と情報の交換《こうかん》をしていた。

脚本家が殺されていたという一報を聞いた時、福沢は即座《そくざ》に理解した。これは事件の続きだ。

否《いや》、これこそ今回の事件の本質に関《かか》わる事件なのだ。

何故なら、

――この事件は二種類の、犯行から成り立っている。

――喩《たと》えるなら海老《えび》と鯛《たい》だね。

最初から乱歩はそう云《い》っていたのだ。乱歩は事件に二つの側面があることをとっくに見抜《みぬ》いていた。この事件がただの人騒《ひときわ》がせな自作自演だけで終わらないことを、もうひとつの重大で凶悪《きょうあく》な側面を持っていることを最初から理解していた。

　脚本家が殺された。これは狂言《きょうげん》などではない、本物の殺人だ。その報《しら》せを聞いて、村上青年は明らかに狼狽していた。どうしてあいつが、と本気で混乱し、警察に状況の説明を何度も頼《たの》んでいた。

　演技ではない。福沢はそう直感した。

　推理や観察では乱歩に及《およ》ぶべくもないが、福沢も人の狼狽を見抜くくらいの眼力はある。さしもの名俳優もこの時は演技を忘れていた。そもそも、脚本家が発見された自室は劇場からかなり離《はな》れている。乱歩の謎解《なぞと》き以降は村上青年はずっと警察に拘束《こうそく》されていたし、それ以前の限られた時間で劇場から脚本家の自室に行って殺害し、また戻《もど》ってくるのは時間的に不可能だ。

　黒幕は誰だ？

　真犯人は誰だ？

　乱歩は云っていた。

　——海老のほうを捕まえるのは簡単。

　——でも鯛も捕まえようと思ったら、これはもう海老を使うしかないんだよ。

　おそらく乱歩は〝鯛〟が誰なのか既《すで》に見抜いている。そして〝海老〟とは村上青年のことだろう。乱歩は海老を〝じょぼいほうの事件〟と云っていた。確かにそちらの事件の規模は小さい。誰も死んでいないし、解決自体もそう難しくない。村上青年は一生死者として隠《かく》れて暮らす訳にもいかないのだから、放《ほう》っておいてもいずれ真実は露見《ろけん》したことだろう。

だがそれでは事件の半分を解決したことにしかならない。村上青年と脚本家を利用し、もっと大きな事件をたくらむ真犯人がいる。村上青年が殺されなかったのは、彼は真犯人について何も知らないからだ。唯一繋《ゆいいつつな》がりを知っている脚本家だけが殺された。

消されたはずの繋がりを辿《たど》り、真犯人に辿り着く唯一の方法は——乱歩だけが知っている。

もし、乱歩が舞台の上で大々的に行った〝解決編〟もまた作戦の一部なのだとしたら。真犯人を暴《あば》き出す——鯛を釣《つ》り上げる乱歩の作戦はまだ続いているのだとしたら。

「乱歩と一緒《いっしょ》に警察署へ向かった警官の名は？」福沢は刑事《けいじ》に訊ねる。

「三田村巡査長《みたむらじゅんさちょう》です」刑事は福沢の気迫《きはく》に押されながらも答えた。

「何故連絡がつかない？」

「おかしいですね……携帯電話《けいたいでんわ》の電源が切られています。無線にも応答がありません」

福沢は焦《じ》れた。

何かがあったのだ。自分が目を離した、このわずかな時間で。

乱歩がいかに頭の回る天才児であり、既に犯人を見抜き、そいつをおびき出すために動いているのだとしても。

犯人に暴力を振《ふ》るわれればそれで終わりだ。

あいつは子供なのだ。

そしてこの街の闇《やみ》には、乱歩のような子供など鼻歌まじりに一晩で千人も殺せるような無法の暴力があふれているのだ。

「少し捜《さが》してくる」福沢は早足で会議室を出た。

少なくとも、移動中の乱歩に何かが起こっているのだと考えるしかない。

福沢は早足で歩きながら考える。乱歩にも考えはあるのだろう。だが乱歩はこの街の闇の深さを見ていない。自分では何でも判《わか》っているつもりでいるのだろうが、乱歩は異能者ではない。見てもいないことは判りようがない。

乱歩が異能者などという嘘《うそ》を吹《ふ》き込んだのは、他《ほか》ならぬ福沢なのだ。

福沢は大股《おおまた》でロビーを抜《ぬ》け、正面入口に辿り着いた。もはや観客もほとんど去り、付近は閑《かん》散《さん》としている。

正面入口を出たあたり、乱歩を乗せた警察車が停車していたあたりまで来た時、福沢の視界の端《はし》が何かを捉《とら》えた。

福沢は目をやる。建物の壁際《かべぎわ》の白い何か。近づいてみる。

白い名刺《めいし》だ。小石が上に置かれている。風で飛ばないようにするためだろうか。近寄ってすぐに、それが自分の名刺であることに気がついた。

まさか。

福沢はそれを拾い上げた。確かに福沢の名と連絡先が書かれている。誰《だれ》に渡《わた》した名刺かまでは判らない。

福沢は名刺を裏返す。そこには稚拙《ちせつ》な鉛筆《えんぴつ》書きでこう書かれていた。

〝真犯人は三田村
杖《つえ》を捜して〟

「まさかまさかですよ」

三田村巡査長は、運転しながら笑顔《えがお》でかぶりを振った。

「まさかこれほど非凡《ひぼん》な異能者が、我々の調査リストにも引っ掛《か》からず密《ひそ》かに存在していたなんてねえ」

乱歩は答えない。

眼鏡《めがね》の奥の幼い瞳《ひとみ》だけがただ鋭《するど》く、後写鏡《バックミラー》の向こうの三田村を見つめている。

「これほどの名探偵《めいたんてい》を前に、言い訳や抗言《こうげん》は不作法というものでしょうね。——探偵に犯行を見抜かれた身としては、作法に則《のっと》って真実や動機を語るべきなのでしょうけどね」三田村は笑顔で語る。「もう少しだけ待って下さいよ。名探偵をお招きするにふさわしい場所まで、もう少しですので」

「いいけど。早くしてよね」乱歩はどうでもよさそうに云う。「夜になって、段々眠《ねむ》くなってきちゃった」

「鋭意《えいい》努力いたしますです」

警察車は夜の街を抜け、人の気配のない夜の商業地区に入った。明かりの絶えた道路を抜け、真新しい四階建ての建物まで来て停車する。

「ここは表向きは造船会社の事務所なんですがね」三田村は建物を見上げながら云った。「実態は我々の所有物件です。ま、幽霊会社《ペーパーカンパニー》という奴《やつ》ですな。どうぞ、足下《あしもと》お気をつけて」

三田村に促《うなが》されるまま乱歩は車を降りた。誰もいない建物の正門を潜《くぐ》る。

それは一見どこにでもある都市ビルだった。だが建物内のどこにも明かりがなく、守衛もいない。非常灯だけが照らす緑がかった薄闇《うすやみ》の中、三田村と乱歩は歩いていく。

「さ、こちらへどうぞ」

三田村が硝子《ガラス》の扉《とびら》を開いた。

そこは何もない部屋だった。壁《かべ》一面が硝子張りで、道向かいに広がる横浜の夜景がよく見渡《みわた》せた。

促されるまま部屋に入る、その途中《とちゅう》で乱歩は口を開いた。

「拳銃《けんじゅう》か」

「はい？」

「だからそれ。拳銃」乱歩は三田村の腰《こし》あたりを指差した。確かにそこには、市警の警官に支給される黒い回転式拳銃が提《さ》げられている。

「死にたいなんて思ったことはないけど、できれば痛いのは厭《いや》だなあ。僕思うんだよね。頭を一発でぶち抜いたって、たぶんその瞬間《しゅんかん》は痛いんだよ。死んだ人が『実は結構痛かった』なんて教えてくれないから、判らないだけで」

「はは、これで撃《う》つつもりなんてありませんよ」三田村は拳銃に触《ふ》れながら笑った。それから目を細めた。

「もし——云《い》う通りにしてくれるならね」

福沢は誰もいないホールの客席通路を足早に通り抜けた。

客席には既に誰もおらず、福沢の足音だけが奇妙《きみょう》に反響《はんきょう》している。福沢の表情は厳しい。だが視線に迷いはない。

杖といわれて思い当たる節《ふし》は、ひとつしかなかった。

段差をひらりと身軽に登る。舞台上に薄《うす》く残った床《ゆか》の血痕《けっこん》を踏《ふ》み越《こ》え、舞台《ぶたい》の奥へと向かった。

杖はすぐに見つかった。

乱歩が引き剝《は》がした白い布スクリーンの下、無造作に置かれた丁の字形をしたステッキ。多少古びてはいるが、握《にぎ》りは金箔《きんぱく》の装飾《そうしょく》が施《ほどこ》されていて高級そうだ。磨《みが》き上げられた胴体《どうたい》の材質は椿《つばき》だろうか。

背広の紳士《しんし》が持っていたステッキだった。

この杖の持ち主である背広の紳士の行方《ゆくえ》を、福沢は聞いていなかった。病院に行ったのだろうと云うものもいたし、面倒事《めんどうごと》を避《さ》けるようにどこへともなく姿を消したのだと云うものもいた。消えたのだとしたら、今から捜しても見つからないだろう。それより今は杖だ。

握ってすぐに、違和感《いわかん》に気がついた。ほんのわずかだが、重心が高い。無数の木刀や真剣《しんけん》を握り振った者でなくては気づかない些細《ささい》な違和感だったが、福沢にはそれで十分だった。

握り部分を調べる。装飾の継《つ》ぎ目に、見ればはっきり判るほどの隙間《すきま》があった。紙程度の厚みなら滑《すべ》り込ませることができそうだ。

福沢はまず仕込《しこ》み杖《づえ》を疑った。仕込み杖は杖の内部に刃《やいば》を隠《かく》す、典型的な暗器である。警戒《けいかい》すべき凶器《きょうき》であると同時に福沢自身も稀《まれ》に用いる武器であるため、仕込み杖についてはよく知っていた。

だがこれは違《ちが》う。刃を隠せるほどの空間はない。だとすると何のために——。

目立たない位置にある切り欠きを押さえながら握りを捻《ひね》ると、案の定装飾が外れて、内部が見えた。

「……？」

杖の内部は空洞《くうどう》だった。

何かを隠してある訳でもない。武器や薬品が詰《つ》まっている訳でもない。ただ木材をくりぬいた柱状の空洞があるばかりだ。

乱歩は何故《なぜ》、こんなものを捜せと書き残したのだ？

福沢はさらに空洞を見る。空洞は意外に深い。わずかな明かりを頼《たよ》りに深さを測る。一般的《いっぱん》な書類を丸めて詰めることくらいはできそうだ。

——今は何もない空洞。

——書類。

そうか。

福沢は理解した。これは何かを抜き取られた後なのだ。隠し空洞に何も入っていないのであれば、そう考えるのが妥当《だとう》だ。最初に、おそらく背広の紳士が持っている時点では中に書類か何かが詰まっていた。どこかに運ぶためか、あるいは肌身《はだみ》離《はな》さず持ち歩いていたのだろう。それが捕《と》らえられ、気絶させられて中の何か——サイズからしておそらく書類ではないか——を奪《うば》われた。そして用済みになった杖はここに放置された。

背広の紳士の謎《なぞ》、抜《ぬ》き取られたモノの謎、奪った真犯人の謎。いくつもの謎がこの杖ひとつから浮《う》かび上がる。だが福沢の最も必要とする謎の答え——乱歩はどこにいるのか、については答えを得られそうもない。

乱歩は自分の居場所を伝えるために〝杖を捜して〟と書き残したのではないのか。真犯人を糾弾《きゅうだん》するあの書き置きは乱歩のものでしかありえない。

まだこの杖に何かあるのか。

福沢は考える。乱歩はこの杖に触れる時間も調べる時間もなかったはずだ。それでも何かあると確信したから、福沢に杖を捜せと指示した。いくら洞察力《どうさつ》に差があるとはいえ、乱歩が触れもせずに情報を得たものを、これだけ間近で調べて見抜けぬようでは大人失格だ。

杖に関して気になることといえば、やや隠し空洞への到達《とうたつ》が容易すぎるような気はする。即座《ざそく》の抜刀《ばっとう》を前提とした仕込み暗器ならこれでもいいだろうが、書類を隠す杖ならば知らない人間が調べてもそう簡単には開けられない仕掛《しか》けでなくてはならない。福沢はいとも簡単にこの空洞を発見した。この中のモノを奪っていった真犯人も簡単に見つけたことだろう。背広の紳士の、これはやや手抜《てぬ》かりだ。

だが福沢からすると、この粗忽《そこつ》さはこれまでの印象と今ひとつ合致《がっち》しない。背広の紳士はこれほど大掛《おおが》かりな仕掛けでなくては捕《つか》まえられない大物であり、異常を察知するやすぐさま劇場から逃《に》げ出そうとする用心深さがあったはずだ。

とすると、考えられる可能性は——。

福沢は空洞の内側をさらに観察した。内部は傷ひとつない曲面だ。指で触れてみる。磨き上げられた木材の感触《かんしょく》。感触に頼る限りでは、ほぼ真円だ。

福沢は空洞の内側を指で押さえ、握った杖を強く引いた。しばらく力を込めると、内部がわずかに動く感触があった。さらに引く。

空洞の内側が、すぽんと抜けた。

いわゆる二重底になっていたのだ。最初の空洞にはさして重要でないものを詰め、盗《ぬす》もうとする人間を騙《だま》す仕掛けだ。つまり、この抜けた空洞の裏側にあるものこそ本命の隠し場所ということだ。

福沢は抜いた筒《つつ》を眺《なが》め、思わず眉《まゆ》を寄せた。

円筒《えんとう》の裏側が電子記憶《きおく》素子になっていた。

それ以外に不審《ふしん》な点は見られない。筒の表面に、曲面状の電子基板が接着されている。それが何なのか、福沢にもすぐに判《わか》った。これは極薄の記憶端子《メモリ》だ。隠し空洞は偽装《フェイク》。二重底というよりは、この抜けた壁面《へきめん》そのものが真の情報運搬《うんぱん》装置なのだ。

福沢はこの手の情報素子を使う機関の噂《うわさ》に心当たりがあった。

「だとすると……」

福沢は唸《うな》った。

だとすると、背広の紳士は異能者だということになる。

そして、彼を追う犯罪組織から姿を隠している。そこから真犯人の素性《すじょう》を類推することもできる。

福沢は迷いなく歩き出した。乱歩が釣《つ》ろうとしている〝鯛《たい》〟の正体が、おぼろげながら見えてきた。

てきた。


「それで、ここはどこなの？」

乱歩は窓の外を見ながら、どうでもよさそうに訊《たず》ねた。

「便利に使える、我々の拠点《きょてん》のひとつですよ。この通り夜間は近隣《きんりん》には人の目も耳も絶えるものですから、何をするにも都合がいいんですな。隠れ家《が》にしてもよし、秘密の会談場所にしてもよし、それに――」

「拷問《ごうもん》場所にしてもよし？」

言葉の切れ目に割り込んだ乱歩の言葉に、三田村巡査長《じゅんさちょう》は眉を上げて驚《おどろ》いたような演技をした。

「厭《いや》だなあ、だから云《い》ってるじゃないですか。我々は名探偵《めいたんてい》をお招きしたかったんですよ純粋《じゅんすい》に。拷問なんて頭っから考えちゃおりません。大いなる誤解というものです」

「その割に、建物の中に銃《じゅう》を持った見張りが四人、いや五人いたね？」

どうでもよさそうに肩《かた》をすくめて云う乱歩の台詞《せりふ》に、三田村は虚《きょ》を衝《つ》かれたように黙《だま》った。

見張りの隠密《おんみつ》は完璧《かんぺき》だった。全員が外部から雇《やと》った海外の元軍人で、完全に痕跡《こんせき》を残さず対象を監視《かんし》する訓練を受けている。靴跡《くつあと》ひとつ、咳払《せきばら》いひとつも表に出さずに完璧に死角から監視しているはずだ。

「いやあ……さすがですね」三田村は困ったように頭を掻《か》いた。「どうやって見破ったのです？」

「だからそれが僕の異能なんだってば」乱歩は眼鏡を掛《か》けながら云った。

三田村はううん、と唸った後で、無害を示すように両手を広げて云った。

「お見事。ですが勘違《かんちが》いされないよう云っておきますと、彼等は貴方《あなた》を傷つけるつもりは毛頭ありません。元々ここに連れてくるはずだった標的《ターゲット》……貴方が舞台《ぶたい》の上で観客全員に披露《ひろう》してみせたあの背広の人物を監視するために用意した戦力でして。まあだから時間外労働の残業ですね。不埒《ふらち》な輩《やから》が名探偵を狙《ねら》って来ないとも限りませんので」

「不埒な輩ねえ。誰《だれ》のことだか。それで、僕をここに連れてきた理由は？」

乱歩は手近にあった椅子《いす》に腰《こし》掛《か》けながら訊ねた。

「それが現場の辛《つら》いところでねえ。ご存じの通り劇場の仕掛けはかなり大掛かりでしたから、それをぶち壊《こわ》された上の連中はカンカンになりましてね、台無しにした奴《やつ》を捕まえろと、こう云う訳ですよ。何故真実を見破ったのか、どこから情報を得たのか、それを吐《は》かせようと、そういう魂胆《こんたん》ですね。まあ短絡《たんらく》的な思考です」

男の仕込《しこ》み杖《づえ》から抜き取った機密書類も結局偽装《フェイク》でしたし――そう云って三田村は、やれやれですな、と大げさに肩をすくめた。

「もちろん作戦内容がどこかから外部に漏《も》れたっていうんなら一大事です。内部規律の問題ですからね。でもね名探偵さん。私も貴方も、そうじゃあないことを知っている訳ですよ。すべては名探偵殿《めいたんていどの》の異能の力によって為《な》された神業《かみわざ》なんです。だから名探偵殿をいくらぎゅうぎゅうに絞《しぼ》り上げても、情報源なんて出てこない訳ですよ。そうですよね？」

「……」

沈黙《ちんもく》している乱歩の表情をちらりと見て、三田村は続けた。

「かといって上も面子《メンツ》やら古券《こけん》やらがありますから、簡単に貴方を解放する訳にもいかない。板挟《いたばさ》みです。このままじゃあ我々は、上の指示で望みもしないのに貴方を痛めつけなくちゃならない訳です。そんなの厭でしょう？　私は厭ですよ。そこでですね」

三田村は薄暗《うすぐら》い部屋で一歩前に出た。

窓の外の夜景から降り注ぐ光が、室内に長い影《かげ》を落とす。

座って目を閉じている乱歩に向かって、三田村は囁《ささや》くように云った。

「――我々と、一緒に、働きませんか」

ざらつく沈黙が室内に落ちた。

「我々は志ある者。悪なる者共をこの国より一掃《いっそう》せんと望む者。貴方のような優秀《ゆうしゅう》な異能者であれば大歓迎《だいかんげい》です。どうですか」

三田村の表情は逆光のため闇《やみ》に沈《しず》んでいる。

ただ冷たい薄笑《うすわら》いの気配だけが闇の中に漂《ただよ》っている。

「……ん？」

座った乱歩は、その視線に顔を上げ、そして云った。

「あごめん、話が長くてつまんなかったから全然聞いてなかった。……次からもうちょっと聞きたくなるように喋《しゃべ》ってくれる？」

三田村の表情が固まる。

部屋の気配が張り詰《つ》める。


福沢が急いで向かったのは、市警の地下拘束所《こうそく》だった。

警察署に隣接《りんせつ》した、一階建ての四角い建物だ。既《すで》に話を通していた守衛に挨拶《あいさつ》をし、地下への長い階段を降りる。

そこは通常逮捕《たいほ》された被疑者《ひぎしゃ》を一時拘束する留置場とは異なり、中で拘束された犯罪者を外部に出さないことを最重要目的として建設された施設《しせつ》だ。扉《とびら》はぶ厚い鋼鉄製の二重扉であり、拘束用の個室は窓もなく、壁《かべ》はすべて強化鉄骨で補強されている。

その奥に、目指す人物がいた。

「起きているか」

コンクリ張りの何もない室内、鎖《くさり》で何重にも拘束された拘束着を着用したその少年は、静かに顔を上げた。

感情の消滅《しょうめつ》した、底のない鳶色《とびいろ》の瞳《ひとみ》。

福沢はわずかな覗《のぞ》き窓《まど》から殺し屋の表情を見た。

それは今朝、秘書を撃《う》ち殺したあの殺し屋だった。

少年の殺し屋は、赤みがかった短髪《たんぱつ》の奥からそっと福沢のほうを見た。その瞳には欠片《かけら》ほどの感情もうかがえない。

「拘束所の居心地《いごこち》はどうだ」

「他《ほか》より悪くない。空調が効いてる」

数多くの悪漢、刺客《しかく》と相対した福沢にも、その瞳は見慣れぬものだった。

大抵腕《たいていうで》の立つ殺し屋は人間を虫のように見下す、慈悲《じひ》心の欠けた冷たい瞳をしている。だがこの少年の目は違《ちが》う。冷たさすらない、温度そのものが存在しない虚無《きょむ》の瞳だ。慈悲や優《やさ》しさはおろか、憎《にく》しみや呪《のろ》いや殺人快楽すらない、希望も絶望も放棄《ほうき》した、人生におけるあらゆる感情的なものから〝降りた〟人間だけが持つ瞳だった。

福沢は思った。

おそらくこの少年は、殺人から快楽を得ることなど——かつての自分と異なり——一度としてなかったはずだ。他にやることがないから、殺しをしているに過ぎないのだろう。

「訊《き》きたいことがあって来た」福沢は覗き窓の中に向かって云った。「これを見ろ」

福沢は覗き窓に、杖《つえ》の内部にあった円筒《えんとう》状の記憶《きおく》素子をかざしてみせた。

少年の目がぎょろりと動き、その記憶素子を見る。

「これはある国家系の機関が使う記憶素子だ。解読には専用の機器が必要で、中の情報を盗《ぬす》むのは至難の業《わざ》。これは証人保護プログラム《WPP》の保護下にある人物が、世間に隠《かく》れて保護機関と情報をやりとりするためのものだ——つまり、犯罪組織に狙われる重要人物が持っているものだ。そしてその重要人物には共通した特徴《とくちょう》がある。全員が異能者であるということだ」

福沢は殺し屋を注視した。

殺し屋の視線は変わらない。

「ここからが本題だ。お前ほどの凄腕《すごうで》なら、外部の組織から依頼《いらい》を受けて動いたこともあるだろう。最近、異能者を捕まえる依頼を受けなかったか？」

少年は答えない。

「どうだ？」

「……依頼人については明かせない」少年は掠《かす》れた声で答えた。

「依頼でなくてもいい」福沢は云った。「最近この界隈《かいわい》で、一人の異能者を生け捕《ど》りにできる人間を探している、という話を聞いたことはないか？　保護機関によって身元を隠されているうえ、本人が神出鬼没《しんしゅつきぼつ》で姿を見ることすら困難な標的。そいつを密《ひそ》かに発見し生け捕りにする。桁外《けたはず》れの報酬《ほうしゅう》の、正体を伏《ふ》せた依頼人からの仕事だ。依頼人は、天使か、〝V〟か――それに類する名を名乗っていると思われる」

Vの言葉を聞いた瞬間《しゅんかん》、少年の肩《かた》がぴくりと動いた。

この殺し屋なら何か知っているはずだ。それが福沢の読みだった。

異能者の存在を公《おおやけ》には認めない政府が、秘密裏《ひみつり》の保護を決定している異能者。背広の紳士《しんし》も、その中の一人なのだろう。

彼等はこの街でも飛び抜《ぬ》けた重要人物だ。海外軍閥《ぐんばつ》や国内犯罪組織、無数の敵から狙われている。狙われる理由は不明だが、彼等自身が国家の根幹に関《かか》わる秘密を握《にぎ》っているためとも云《い》われる。

それだけの相手を誘拐《ゆうかい》するとなると、そこらの犯罪者くずれでは束になっても靴跡《くつあと》ひとつ見つけられない。たとえ見つけたとしても、保護機関の警戒網《けいかいもう》を正面から破れるのは超一流《ちょういちりゅう》の刺客のみだ。

そして今回の黒幕組織――〝V〟は、自ら手を汚《よご》さない。必ず外部の人間を利用する。ならばこの凄腕の殺し屋にも、仕事の片鱗《へんりん》くらいは届いているはずだ。これだけの腕《うで》を持ち、どこの組織にも属していない便利な殺し屋など、〝V〟が放《ほう》っておくはずがない。

「……連中については話したくないな」ようやく少年が口を開いた。声色《こわいろ》は少年だが、枯《か》れた老人のように感情のない口調だった。「あなたは連中の目的について知っているか？」

知らない、と福沢は答えた。

福沢が知っているのは、背広の紳士一人を誘拐するため劇場ひとつ巻き込んだ大掛《おおが》かりな犯罪を計画した、という点のみだ。

「大義だ」殺し屋の少年は云った。「金のために殺す。憎いから殺す。そういうのは理解できるよ。だが奴《やつ》らは大義のために殺す。そんな連中とは関わりたくない。大義を目的にした殺しを突《つ》き詰めると、最後は〝殺すのは誰《だれ》だっていい〟ってところに辿《たど》り着くから」

それは福沢の胸をえぐる言葉だった。

あやうく声を出すところだった。

「そいつらと敵対しろと命じている訳ではない」福沢は声色だけは平静を装《よそお》ったまま云った。「俺の仲間がその組織に誘拐された。連中が使う監禁《かんきん》場所に、心当たりはないか?」

少年の瞳がぎょろりと動いて福沢を見た。大きな瞳だ。

「……教える理由がない」

「その通りだな」福沢は頷《うなず》いた。「だがもし教えるなら、今朝お前が秘書を撃ち殺した件を、もみ合った結果の事故だったと証言してもいい。明日《あした》にはここを解放されるだろう」

少年の瞳にわずかな感情が揺《ゆ》らめいた。驚《おどろ》いたのだろう。

「……本気か」

福沢は黙《だま》って頷いた。

「意外だ」少年は頭《かぶり》を振《ふ》った。「見たところ、あなたはそういう正義を裏切るような取引をしないタイプだという気がしていた」

意外なのは福沢自身も同じだった。

犯罪者と、犯罪の片棒を担《かつ》ぐような取引をしたことは今まで一度もなかった。だが自分でも驚くほどあっさりと、福沢は取引する決意を固めていた。

明日には後悔《こうかい》するかもしれない。この決断をいつか悔恨《かいこん》とともに思い出すかもしれない。だが今この瞬間、福沢の心には何の矛盾《むじゅん》も躊躇《ちゅうちょ》もなかった。

乱歩を助けなければならない。

何故《なぜ》ならあの少年は——莫迦なのだ。とんでもなく世間知らずで向こう見ずで考えが足りない子供なのだ。黒幕を引き摺《ず》り出すために、自分を使って釣《つ》り上げようなどと考えるほどに。

この拘束施設《こうそくしせつ》に至るまでの道のりで、福沢はそのことに思い至った。

乱歩は敵を釣り上げるために、わざと自分を誘拐させた。それを福沢に助け出させるつもりなのだ。

乱歩の中で、それは隙《すき》のない完璧《かんぺき》な作戦なのかもしれない。絶対に表に出ない黒幕を釣り上げる、唯一《ゆいいつ》の名案なのかもしれない。

もしそう思っているのだとしたら。

やはり、あまりにも莫迦《ばか》だ。

福沢が乱歩に追いつけなければ、追いついても武力で敵に劣《おと》っていれば、乱歩は殺される。真実を知る者を生かして残しておくほど甘い連中ではない。乱歩が妙案《みょうあん》だと思っているものは——福沢からすれば、少しも妙案ではない。真冬の沼地《ぬまち》で寒中水泳をするような、ぶち抜けた愚行《ぐこう》だ。

だからこそ、見捨てる訳にはいかない。

「どうだ。取引に乗るか」

殺し屋の少年はしばらく福沢のほうを見つめた後、云った。

「この施設《しせつ》の居心地《いごこち》は悪くない」少年は部屋を見回しながら云った。「それに、出ようと思えば自力でいつでも脱出《だつしゅつ》できる。だから対価が釣り合わない」

この堅牢《けんろう》な施設を自力脱出するなど、完全武装した兵士の小隊でもなければ不可能だろう。だが福沢は直感した――この少年の言葉は嘘《うそ》ではない。

「では釣り合う対価は何だ？」

少年はじっと黙ったまま床《ゆか》を見た。

数秒の沈黙《ちんもく》の後、少年は口を開いた。

「ずっと一人で殺し屋の仕事をしてきた」少年は云った。「仲間も上司も欲しいと思ったことはない。だが、あなたほどの武術の達人が、主義を曲げてでも助け出そうとするなんて――その部下は幸せ者だ。少しだけ、羨《うらや》ましい」

それは誤解だ、と福沢は云おうとした。

乱歩は部下ではない。自分は上司に向いた人間ではない。むしろ少年と同じ、組織というものを避《さ》けて生きてきた人間だ。

だが、福沢の口をついて出たのは、

「そうだろうか」

云おうとしたのとは違《ちが》った言葉だった。

少年は静かに頷いた。

「連中が取引に使う建物をいくつか聞いたことがある。誘拐場所から近い順にあたってみるといい」

福沢が何と返答していいか判《わか》らず迷っていると、少年は視線を上げて云った。

「この施設は寝具《しんぐ》もあるし空調も効いているが、いかんせん飯がまずい」少年は云った。「あなたは市警の上層にも顔が利《き》くと聞いた。ひとつねじ込んでくれないかな。それが対価だ」

福沢は少し目を細めて、それから云った。

「希望はあるか？」

少年はほんの少しだけ唇《くちびる》を横に引いて微笑した。そして答えた。

「咖喱《カレー》」

「いいですか、名探偵《めいたんてい》——乱歩さん。これは貴方《あなた》にとってぎりぎりの取引であることをお忘れなく。取引に乗るか、ぎゅうぎゅうに絞《しぼ》られるか、二つに一つなのです。あまり交渉《こうしょう》する余地はないように思われますけどねえ？」

三田村が一歩前に出る。

乱歩は椅子《いす》に座って、足をぶらぶらさせたままあっけらかんと答える。

「交渉？　交渉なんてするつもりないよ。僕は興味ない話は頭に入らないんだよね。全部牛の鳴き声に聞こえる。モーって。モー」

三田村の眉《まゆ》が一瞬《いっしゅん》ひきつった。

それでも感情を抑《おさ》えるように眉間《みけん》を揉《も》みながら答える。

「いいですか、交渉役が私なのは大変な幸運なのですよ乱歩さん。他《ほか》の連中なら爪先《つまさき》から順に鋸《のこぎり》で切り落としていてもおかしくない。あの素晴《すば》らしい異能を見た私だからこそ、こうやって真摯《しんし》に——」

「おお、また鳴いた。モー」

「……っ」

三田村が反射的に腰《こし》の拳銃《けんじゅう》に手を掛《か》けた。

怒《いか》りを制御《せいぎょ》しようと手が震《ふる》える。腕《うで》に力を込めた姿勢のまま停止して、三田村は云《い》った。

「私は……大人が大人に対するように、貴方に向き合っているつもりです。劇場での作戦の監《かん》視《し》人として、私は事件の後始末をつける責任がある。今貴方が消えれば、事件はすべて闇《やみ》の中です。にもかかわらず、私はここまで真実を披瀝《ひれき》し、大人として交渉しているのですよ？　これが誠意ではなくて何ですか」

「いやあ、そんな青筋立てて云われてもねえ。一言で云っちゃえば〝自分たちのために働かないと殺す〟じゃない。どこが誠意なのさ。そうじゃなくても、僕って上につく人間は選ぶタイプなんだよね」乱歩は肩《かた》をすくめる。「第一ねえ、この天才優秀《ゆうしゅう》パーフェクト名探偵異能者であるところのこの僕がだよ？　こんな街外れまでノコノコと、何の対策もせず脅《おど》されに来ると思う？」

「――！」

三田村が反射的に拳銃をつきつけた。

乱歩は自分につきつけられた銃口《じゅうこう》をただ眺《なが》める。

「……嘘だ。身体検査はした。発信器の類《たぐい》はない」

「そんなもの必要ない」

乱歩は薄《うす》く笑《え》んでいる。三田村の顎《あご》の筋肉が強張《こわば》る。

「判った。ならば私も本音を云いましょう。――お前みたいなガキに作戦が阻止《そし》されたのが気にくわない。その不遜《ふそん》な態度が一々カンに障《さわ》る。異能で真実を見抜《みぬ》けた程度で、それが何だ。銃弾《じゅうだん》ひとつ止められない惰弱《だじゃく》な異能だ」

三田村が拳銃の撃鉄《げきてつ》を親指で引いた。カチリと音が鳴る。

「それでも誠実に対応したのは、すべて我々の至上なる目的のためです。この国から膿《うみ》を一掃《いっそう》する。渾沌《こんとん》を招き、屋台骨を腐《くさ》らすこの国の寄生虫、すなわち異能者を一掃する」

「成《な》る程《ほど》ねえ。〝V〟——異能者を駆逐《くちく》すべく結成された異能者組織、か」乱歩が薄く笑む。

「目的のため、利用価値のあるものならば何であろうと利用する。それが異能者であろうと、証人保護《WPP》プログラムを隠《かく》れ蓑《みの》にした男であろうと。それが我々の——」

拳銃の銃口が震える。

トリガーに掛かった指に力がこもる。

「まだるっこしいなあ。撃《う》つなら撃ちなよ」

乱歩は銃口を眺めて云った。

「ただ、あと五秒くらいしてから撃ってね。僕の予想ではねえ、あと三秒、二秒……」

室内が強烈《きょうれつ》な光で照らされた。

窓硝子《まどガラス》が爆ぜるように内側に割れた。

黒い影《かげ》が室内に躍《おど》る。影が着地し、半回転する。

「!?」

三田村は、痺《しび》れたようにその場に立ちすくんだ。銃《じゅう》を構えることすらできない。

窓から飛び込んだその人影《ひとかげ》から、獅子《しし》をも殺すほどの膨大《ぼうだい》な殺気が放出されていたからだ。

次の瞬間《しゅんかん》には、三田村が部屋の端《はし》まで吹《ふ》き飛んでいた。

「がっ……」

壁《かべ》に叩《たた》き付けられた三田村の襟首《えりくび》を、影が摑《つか》む。

落下するより疾く三田村は投げられていた。

躰《からだ》が残像の弧《こ》を描《えが》く。

投げ技《わざ》——普通《ふつう》に表現するならそれは背負い投げと呼ばれる柔術《じゅうじゅつ》だった。しかし天井《てんじょう》に叩き付けられそのまま速度を減殺せず地面に叩き付けられるような技を、普通は背負い投げとは呼ばない。列車に体当たりされたような衝撃《しょうげき》に、一瞬で三田村は意識を吹き飛ばされた。

ふわりと衣服をなびかせて、部屋の中央に立つ影。

夜景に照らされ長い影を曳《ひ》いて、静かに立ち尽《つ》くす無音の武人。

「福沢さん！」

乱歩は嬉《うれ》しそうに叫《さけ》んだ。

「敵は残り何人だ」

「五人！」

叫びと同時に、部屋の外を駆《か》ける音が近づいてきた。

部屋に入る扉《とびら》はひとつ。

最初の軍人が部屋に駆け込む。

次の瞬間、掲《かか》げた拳銃を軸《じく》に軍人は縦に回転していた。

小手返し——突進《とっしん》する相手の勢いをそのまま回転力に変える投げ技だ。福沢が空中の軍人の手をさらに捻《ひね》って壁に叩き付ける。引き金を引くことはおろか、福沢の姿さえ見ることすらできず軍人は昏倒《こんとう》した。

福沢は廊下《ろうか》に出た。その左右から、二人同時に小銃《しょうじゅう》武装の軍人が迫《せま》る。

軍人二人が小銃を構えた。

福沢が消えている。

手首を掴まれた、と思った瞬間にはもう、軍人二人は床《ゆか》に転ばされていた。混乱しながらも銃を撃とうとするが、既に手から小銃は奪《うば》われ消えている。

喉《のど》に打ち下ろしの肘《ひじ》が二発。

単純な体格や腕力《わんりょく》では福沢より軍人たちのほうが上だろう。しかし気絶する寸前に軍人が感じていたのは、敵を甘く見すぎたことへの後悔《こうかい》だった。

——人間と戦っている気がしない。猛獣《もうじゅう》や悪鬼《あっき》の類ですらない。喩《たと》えるならば、重力や反作用といった、物理法則そのものと戦わされているような気分だ。

物理法則を相手に、銃程度で勝てる訳がない。

福沢は静かに駆けた。次の武装した軍人が慌《あわ》てて小銃を構えようとする。だが銃を向けて照準を定める動作より、福沢が数メートルの距離《きょり》を縮める速度のほうが遥《はる》かに疾《はや》い。

搗《か》ち上げの掌底《しょうてい》が一発。

顎が砕《くだ》ける音が響《ひび》いた。

天井近くまで吹き飛ぶ敵の躰を舞《ま》うように擦《す》り抜《ぬ》けて、さらに福沢が前進する。

廊下の角を曲がった福沢の前方に、短機関銃《たんきかんじゅう》を構えた軍人がいた。待ち伏《ぶ》せだ。

「食《く》らえ！」

毎秒七発の弾丸《だんがん》を吐《は》き出す短機関銃から銃火が迸る《ほとばし》——筈《はず》だった。

弾丸は噴《ふ》き出さなかった。

軍人が銃を落とし、手を押さえてうずくまる。その掌《てのひら》を万年筆が貫通《かんつう》していた。

懐《ふところ》から神速で万年筆を投擲《とうてき》した福沢の袖《そで》が、ふわりと空気を孕《はら》んでふくらみ、ゆっくりと元

に戻《もど》った。古武術の武技のひとつ、あらゆる日用具を暗器に変える手裏《しゅり》剣投擲《けんとうてき》術だった。

これで五人。

「まだやるか？」

手を押さえて顔を歪《ゆが》めている軍人に、福沢が歩いて行く。

「……化け物《フリークス》……！」

軍人は怯《おび》えたように後ずさり、武器も仲間も残して逃《に》げ去っていった。

福沢は追わず、その背中が見えなくなるまで静かに眺め続けた。


気絶した軍人たちの躰を乗り越《こ》えて、福沢は最初の部屋へと戻った。

「すごいすごい！」部屋で待っていた喜び顔の乱歩が、興奮ぎみに云った。

「怪我《けが》はないか」

「いやあ想像以上だった！　最高に最高だったよ！　まあ間に合うのは僕の計算通りだったけどね、おかげで黒幕を――」

福沢は乱歩の眼前まで歩いてきて止まった。そして息を吸って、

「ふざけるな!!」

乱歩の顔を強烈な平手が打《ぶ》った。

破裂《はれつ》するような甲高《かんだか》い音が響く。眼鏡が吹き飛んだ。

「何が計算通りだ！　何が間に合っただ！　俺が飛び込んだ時、お前の目の前にあったものは何だ？　銃口だろうが！」

乱歩は衝撃で半回転したまま固まっている。

打《ぶ》たれた頰《ほお》に真っ赤な跡《あと》が浮《う》き上がっている。

「——あ」

「この世に絶対などない！　俺が気づくのが一秒でも遅《おく》れたら、この場所へ辿《たど》り着くのが一秒でも遅れていたら！　お前は撃ち殺されていたかも知れぬのだぞ！」

乱歩は頰を押さえて呆然《ぼうぜん》としている。

「だ——だってそれは、絶対に——来てくれると」

「違《ちが》う、お前は自分の力を証明したかっただけだ！」

福沢の怒声《どせい》が大音声《だいおんじょう》で乱歩に降り注いだ。

あまりの音量に部屋の硝子《ガラス》が震《ふる》える。

「力を誇示《こじ》するのは構わん、頭脳で難敵に挑《いど》むのもいい！　だがその勝負の賭《か》け金に自分の命を乗せるのだけは止《や》めろ！　お前はまだ——」

福沢には判《わか》らない。

何故《なぜ》自分がこんなにも怒鳴《どな》っているのか。

何故自分がこんなにも必死になっているのか。

何故――。

「お前はまだ――子供なのだぞ！」

福沢の胸が痛んだ。ほとんど物理的なまでの痛みに、福沢は顔をしかめた。

何故この子を一人にしてしまったのだ。

何故共に行動してやれなかったのだ。

乱歩はこんなにも――幼く、弱い人間なのに――。

「う――あ、う――」

打たれた頬を真っ赤に腫《は》らした乱歩の顔が、くしゃっと歪んだ。

見開かれた大きな目が揺《ゆ》れ、みるみる涙《なみだ》が宿る。

途端《とたん》に後悔が福沢の胸を焼いた。

やりすぎだ。乱歩が叱《しか》られ慣れているとは思えない。ましてやこれほど大音声で怒鳴られ平手まで食らっては――。

「だって、だって――」

乱歩はうつむいて震えた。

床の上にぼたぼたと大粒《おおつぶ》の涙が落ちる。

福沢は息を吐いた。言葉にならない思いを胸が去来する。

乱歩。両親を失い、誰《だれ》にも理解されず凍える孤《こ》独《どく》を歩んできた天才少年。

守るものもなく広大な世界に放《ほう》り出された子供。

福沢自身も、戸惑《とまど》っていた。この少年の魂《たましい》をどうすればいいのか、どう接するべきなのか。

判らなかったから、頭をぽんぽんと、軽く二度撫《な》でてやった。

乱歩は福沢の胴体《どうたい》にしがみついた。

後から後からあふれてくる涙が、服に染《し》みをつくっていく。

「ごめんなさい――ごめんなさい――ごめん、なさい――！」


やり場に困る両手を宙に浮かせながら、福沢は困ったような顔で窓の外を眺《なが》めた。

窓の向こう、どこまでも続く夜のしじま。

磨《みが》いたように白く丸い月と目が合った。福沢はそっと視線を投げかけた。

月は微笑《びしょう》で返した。

それから。

事件はおおむね乱歩の活躍《かつやく》によって幕を閉じた。

翌日の紙面では村上青年の狂言《きょうげん》だけが大々的に報じられた。脚本家《きゃくほん》、それに病院の老人の殺人は三田村巡査長《じゅんさちょう》の個人的な犯行として処理された。

というのも、三田村巡査長が拘留《こうりゅう》中に死体で発見されたためだ。不可視の何者かに刺し《さ》貫《つらぬ》かれたとしか思えないような状況《じょうきょう》で殺されていた。脚本家が殺害された状況と酷似《こくじ》している。おそらく、敵組織の異能者による口封《くちふう》じだろう。

黒幕を追う道は表面上は断《た》たれ、事件は半迷宮《めいきゅう》入りとなった。

ただ福沢と乱歩をはじめとするごく一部の関係者は真相を知っていた。

国内の異能者を消そうと暗躍《あんやく》する地下組織――〝V〟。その尖兵《せんぺい》たち。

彼等との戦いはこれからも続くだろう。

そして、思いきり打たれ怒鳴りつけられた乱歩は、その後どうしたかというと——。

「ねえ福沢さん、次の事件まだ？　早く行こうよ、僕の異能ですぱっと解決するからさあ」

——思いきり福沢に懐《なつ》いていた。

何故かは判らないが。

「判ったから袖にぶら下がるのは止めろ。伸《の》びる」

福沢が静かにたしなめると、乱歩ははあい、と云《い》って素直《すなお》に放す。


あれから一年の歳月が流れた。

放逐《ほうちく》もできず困った福沢は、やむなく乱歩を仕事の雑用として一時的に雇《やと》うことになった。衣食の面倒《めんどう》を見る代わりに仕事の雑用を憶《おぼ》えさせ、社会的規範《きはん》を教え、ついでに学問も修めさせようと考えたのだ。何しろこの世界の根本は学問だ。生き延びるのに酸素が必要であるのと同じように、生きるには学が必要なのだ。それが福沢の信条だった。

それで、どうなったかと云うと——。

福沢の仕事がなくなった。

福沢は依頼人《いらい》を護衛するのが仕事だ。しかし雑用のつもりで連れてきた乱歩が、護衛対象に害を及《およ》ぼしうる危険因子が何で今どこにいるのか、悉《ことごと》く云い当ててしまうのだ。護衛するよりも前に。

福沢としてはそれを無視する訳にもいかず、促《うなが》されるまま危険を取り除く。

そうするとどうなるか。依頼人を警備する必要がなくなるのだ。

終《しま》いには乱歩くんだけでいいよとまで云われた。

おかげで福沢は失職寸前にまで追い込まれた。

とはいえ、閑古鳥《かんこどり》の鳴いた福沢の本業を立て直したのもまた乱歩だった。暇《ひま》を持て余した福沢に舞《ま》い込んだ新たな依頼、それは——。

乱歩への探偵《たんてい》依頼である。

超常《ちょうじょう》的な力で真相を見抜《みぬ》く少年探偵の噂《うわさ》は、劇場の事件以降じわじわと世間に広まっていた。警察関係者をはじめ、さまざまな社会層、さまざまな職種の人間から依頼を受け、乱歩はそのつど一瞬《いっしゅん》で、毎回ほぼ現場を見た瞬間《しゅんかん》に真相を暴《あば》き事件を解決した。

福沢としては複雑である。

乱歩を独りで事件に向かわせてもよかったのだが、大抵《たいてい》は福沢が同伴《どうはん》した。先の劇場における事件——世間では〝天使殺人〟事件と呼ばれていた——において乱歩を単独行動させる無謀《むぼう》と危険を思い知ったから、というのもある。

しかし大抵の場合は、福沢が同行する最大の理由は単に、〝福沢以外の人間に乱歩が制御《せいぎょ》できないから〟というだけだった。

好き放題で手前勝手ばかりの乱歩が、何故か福沢の云うことだけは素直によく聞いた。最初の事件での怒鳴り平手打ちがよほど応《こた》えたのかもしれない。それ以外の何かが乱歩の琴線《きんせん》に触《ふ》れたのかもしれない。兎《と》も角《かく》乱歩は福沢になついては周囲を駆《か》け回り、福沢さん福沢さんと小型犬のようにじゃれた。それでいて福沢が命じると一時間でも二時間でも黙《だま》っていた。おかげで最終的に、乱歩に探偵を依頼する依頼人たちは口を揃《そろ》えて「頼《たの》むから福沢さんも一緒《いっしょ》に来て下さい、報酬《ほうしゅう》は二倍払《はら》いますから」と云い出す始末だ。


気がつけば、福沢と乱歩は界隈《かいわい》では知らぬもののない探偵双人《バディ》として名を馳《は》せていた。

我が儘《まま》で制御不能だが、天才的な推理力を持つ探偵少年と。

無口で無愛想《ぶあいそう》だが、近接戦闘《せんとう》では超人《ちょうじん》的な強さを誇《ほこ》る壮年《そうねん》の武人と。

二人に見抜けぬ陰謀《いんぼう》はなく、逃《に》げおおせる犯罪者はなく、解決できぬ事件はなかった。殺人者は彼等の足音に怯《おび》え、富豪《ふごう》たちはこぞって頭を下げつつ日参し、警察すらも難事件にこっそりと助力を請《こ》うた。

異能探偵の名の下《もと》、二人は無数の事件を解決した。二人の前に敵などなかった。無敗と栄光の日々が続いた。

そしてそれ故《ゆえ》に、

——決断の時が迫《せま》っていた。


「ここか」

福沢がうそぶいたのは、薄暗《うすぐら》い地下通路のただ中だった。

「そうなるね」

隣《となり》で乱歩が、眼鏡《めがね》を押さえながら云った。

福沢はある日、乱歩に探偵を依頼した。

依頼内容は、ある人物を見つけ出すこと。

その人物は神出鬼没《しんしゅつきぼつ》で、どんな調査機関にも尻尾《しっぽ》を掴《つか》ませない。それでいて政府と黒社会の両方に通じ、この横浜を廻《めぐ》るあらゆる陰謀と作戦の近傍《きんぼう》にいるとも云われている。

「開けるぞ」

地下通路に設《しつら》えられた鉄扉《てっぴ》を押す福沢のもう一方の手には、高級そうなステッキが握《にぎ》られていた。

そのステッキだけが唯一《ゆいいつ》、その人物へと至る細い糸だった。

乱歩の推理力がなければ、その細い糸を手繰《たぐ》って目当ての人物へと至るのは不可能だっただろう。

薄暗い室内を抜《ぬ》け、階段をさらに降りる。

降りた先は、明るい講堂になっていた。一列に並んだ長椅子《ながいす》と机、正面の壁《かべ》には黒板と教卓《きょうたく》が設えられている。

「ようこそ、晩香堂《ばんこうどう》へ」

室内に明るい声が響《ひび》いた。

「よくここを見つけられたな」

福沢は軽く一礼し、手に持ったステッキを掲《かか》げてみせた。

「おお、それはいつぞや儂《わし》が無くした手杖《しゅじょう》か。わざわざ持ってきたのか。奇特《きとく》だのう」

「貴殿《きでん》の噂を耳にし、不躾《ぶしつけ》ながら御願《おねが》いを聞き届け賜《たま》いたく、参上いたしました」

「堅苦《かたくる》しいな。ま座れ」

福沢は一礼し、手近な椅子に腰掛《こしか》けた。しかし乱歩は目の前の人物を見つめたまま、動けないでいる。

「——うそ？　あの時は気づかなかった——この人、こんなに——」

「その節は助かったぞ、坊主《ぼうず》」男は呵々《かか》と笑った。その姿は今は背広ではない。丸鍔《まるつば》の帽子《ぼうし》を被《かぶ》っている。

「そうか」痺《しび》れたように乱歩が云った。声がカラカラに乾《かわ》いている。「あなたは最初から劇場の罠《わな》も、絨毯《じゅうたん》の接着剤《せっちゃくざい》も見抜いていた。それで敢《あ》えて罠に掛《か》かったんだ。何故《なぜ》？　敵をあぶり出すため——いや、それなら他《ほか》にいくらでも——」

「お前の父親には少々借りがあったものでな」男は薄《うす》く笑《え》んだ。

今度こそ、雷《かみなり》に打たれたように乱歩は立ち尽《つ》くした。

「まさか——最初から、僕に力を——」

「御願いがあって参りました」言葉を遮《さえぎ》るように、福沢は云った。「ご存じとは思いますが、ここの乱歩は異能探偵として名を馳せはじめております。ですが本来、異能者が表立って看板を掲げるは世の御法度《ごはっと》。そこで貴殿に、お力添《ちからぞ》えを頂きたく」

「異能開業許可証か」男はにやりと笑った。「御前《おまえ》は——会社を興《おこ》そうと云うのだな？」

「はい」福沢は頷《うなず》いた。

福沢は自問する。

自分に上司たる自覚はあるか。

自分に組織の長たる覚悟《かくご》はあるか。

答えはまだ出ない。自分はまだ未熟であるとも思える。自らの武の腕前《うでまえ》の中にこもり、人を斬《き》る快楽に怯え、人々の営みから距離《きょり》をおいて孤独《こどく》に歳を経たいという欲求《よっきゅう》を撥《は》ねつけられない弱い自分。自分の弱さは年々と硬化《こうか》し肥大していっているようにすら感じる。

だがこの一年——乱歩と共に事件を解決する中で、自分も大きく変わった。

乱歩に振《ふ》り回され、人に懇願《こんがん》され賞賛されることに戸惑《とまど》い、流されるように刃向《はむ》かうように事件を解決して過ぎた怒濤《どとう》の一年。

その中で乱歩と共に歩み、判ったことがある。

人の上に立つとは何か。一人ではなく、組織として人を助けるとは何か。

そう。一年の中で、福沢は意外なことを発見した。

自分はまだ——人を助けたい。誰《だれ》かを守る盾《たて》であり、不義を貫《つらぬ》く剣《けん》でありたい。愛するものを殺され嘆《なげ》く人を減らしたい。弱いものから搾取《さくしゅ》する理不尽《りふじん》に対し、見て見ぬ振りをしたくない。悪を為《な》そうとする者の前に静かに立ち、震《ふる》え上がらせ悪行を思いとどまらせる存在でありたい。

つまるところ、ごく乱暴に云《い》ってしまえば——それは正義だった。

自分はまだ正義でありたかったのだ。

そして自分が同じ過《あやま》ちを繰《く》り返さないためには、乱歩の力が必要だった。乱歩だけではない。武の力もまた必要だった。自分も永遠に乱歩を守ることはできない。自分亡き後も、あるいは乱歩亡き後も続く正義の歌を、この荒々《あらあら》しくも美しい街に打ち立てたい。そのためには人材が必要だ。強く優《やさ》しい人材が。乱歩を軸《じく》とする、武装されし無窮の探偵集団。

——我が身に及《およ》ばぬ、大それた望みだろうか。

「御願い致《いた》します」福沢は頭を下げた。「政府の秘密機関たる異能特務課から許可証を得るには、生半可な労力では叶《かな》いません。金でも、人脈でも、実力でもない。この地のすべてを知ると云われる貴殿の助力がどうしても必要なのです、夏目漱石殿《なつめそうせきどの》」

「ふむ」

男は少し歩き、福沢の前まで来て立ち止まった。

そして福沢を見透《みす》かすような瞳《ひとみ》でじっと見つめた後——にっ、と笑った。

「楽な道ではないぞ？」

その瞬間《しゅんかん》が。

その瞬間が、すべての始まりだった。

横浜にこの組織ありと云われ、海外までその名を轟《とどろ》かせる武装組織の。

正義を為し、悪を震え上がらせ、ずば抜けた才能の異能者を擁《よう》する薄暮《はくぼ》の異能者集団の。

異能者・福沢諭吉を社長とし、無数の命を救うことになる伝説的な探偵《たんてい》組織の——。

武装探偵社の、これが第一歩であった。

あとがき

小説版・文豪《ぶんごう》ストレイドッグスも、早いもので3巻となりました。

執筆《しっぴつ》中、私が何をしていたかといえば、こたつ生活が長すぎて腰《こし》を痛めたり、打ち合わせに着る服を買いにいくための服がなかったり、靴下《くつした》がまた片方どこかに雲隠《くもがく》れしたりしました。

それでも私は元気です。もう同じ柄《がら》の靴下だけ履《は》いて生きよう、と私は深く決心しました。

職業柄《しょくぎょうがら》、あまり外に出ることのない私ですが、先日めずらしく動物園に行きました。ハシビロコウという鳥が「汝《なんじ》、我に傅《かしず》くか抗《あらが》うか。抗うならば死あるのみ」といった感じの覇王《はおう》の眼光で周囲を睥睨《へいげい》しており、思わず「閣下！」と敬礼しました。閣下はその顔のまま、特になにをするでもなく一日突《つ》っ立っていたり、気づいたらじんわり動いていたりしました。「私も閣下のようにオーラだけ放って実際には何もせず一生を送れたらなあ！」と思いました。

さて、そんなふうにして書かれた3巻ですが、探偵《たんてい》社設立秘話を含《ふく》むふたつのお話をお届けいたしました。いかがだったでしょうか。

今回も手にとっていただいた皆様《みなさま》に感謝致《いた》します。そしてこの場を借りて、イラストの春河35先生、編集のI様、今回もご助力に感謝致します。それではまた。

朝霧カフカ

「文豪ストレイドッグス 探偵社設立秘話」の感想をお寄せください。
おたよりのあて先
〒102-8177 東京都千代田区富士見2-13-3
株式会社KADOKAWA 角川ビーンズ文庫編集部気付
「朝霧カフカ」先生・「春河35」先生
また、編集部へのご意見ご希望は、同じ住所で「ビーンズ文庫編集部」
までお寄せください。

文豪《ぶんごう》ストレイドッグス 探偵社設立秘話《たんていしゃせつりつひわ》

朝霧《あさぎり》カフカ

角川ビーンズ文庫 19159

平成27年5月1日 初版発行
令和7年6月25日 45版発行

発行者――山下直久
発 行――株式会社KADOKAWA
〒102-8177 東京都千代田区富士見2-13-3
電話 0570-002-301（ナビダイヤル）
印刷所――株式会社KADOKAWA
製本所――株式会社KADOKAWA
装幀者――micro fish

●お問い合わせ
https://www.kadokawa.co.jp/（「お問い合わせ」へお進みください）
※内容によっては、お答えできない場合があります。
※サポートは日本国内のみとさせていただきます。
※Japanese text only

ISBN978-4-04-102332-7C0193 定価はカバーに表示してあります。 ◆◇◇